ハヤカワ・ミステリ文庫
〈HM468-1〉

第四の扉

ポール・アルテ
平岡　敦訳

早川書房

8235

LA QUATRIÈME PORTE

by

Paul Halter

Translated by
Atsushi Hiraoka
Published 2018 in Japan by
HAYAKAWA PUBLISHING, INC.
This book is published in Japan by
arrangement with
PAUL HALTER
through BUREAU DES COPYRIGHTS FRANÇAIS, TOKYO.

ロラン・ラクルブに感謝をこめて。本作執筆にあたり、彼の著書*Houdini et sa légende*（『フーディーニとその伝説』スペクタクル＝ストラスブール技術出版社）を適宜参照、引用させていただいた。

P・H

第四の扉

登場人物

ジェイムズ・スティーヴンズ…………本篇の語り手。大学生
エリザベス・スティーヴンズ…………ジェイムズの妹
エドワード・スティーヴンズ…………ジェイムズの父親
ジョン・ダーンリー……………………ジェイムズの友人
ヴィクター・ダーンリー………………ジョンの父親
エレノア・ダーンリー…………………ジョンの母親。故人
ヘンリー・ホワイト……………………ジェイムズの友人
アーサー・ホワイト……………………ヘンリーの父親。高名な作家
ルイーズ・ホワイト……………………ヘンリーの母親
パトリック・ラティマー………………ダーンリー家の間借り人
アリス・ラティマー……………………パトリックの妻
ドルー……………………………………ロンドン警視庁の警部
アラン・ツイスト………………………犯罪学者

第一部

I　闇にともる光

その晩、部屋に戻ったときには、もう夜も遅かった。寝る前に少し本を読むつもりだったけれど、ひと息つくとすぐにノックの音がした。小さく三回ほど、部屋のドアを叩く音が。こんな時間にわざわざやって来るのは、妹のエリザベスに違いない。

娘十八とはよく言ったもので、妹の美しさは今を盛りと輝いている。でも本人にその自覚があるものやら、ぼくにはどうも疑問だった。ここしばらくのあいだに、妹のふるまいにはいろいろと変化があった。ジョン・ダーンリーも妹の美しさに目を引かれて、熱心に言い寄っている。エリザベスもまんざらでもなさそうだが、本命は隣に住むわが親友ヘンリー・ホワイトと決めていた。ヘンリーのやつ、いつもは自信満々のくせして、こと女の子が相手だとおかしなくらい内気になってしまう。とりわけエリザベスに対してはそうだった。なにしろヘンリーは、傍目にもわかるほどエリザベスに夢中だったから。

「おじゃまだったかしら？　ジェイムズ兄さん」ノブに手をかけたまま、妹はたずねた。

「じゃまなものか」ぼくは鼻先に本をひろげて、ため息混じりに答えた。

エリザベスは脇のベッドに腰かけると、顔を伏せて困ったように両手をこすった。そして茶色の大きな目を見開き、真剣な眼差しでぼくを見た。

「兄さん、話があるの」

「何だい」

「ヘンリーのことなんだけど……」

「ああ……」

話の続きは言われなくてもわかっていた。思いを打ち明け合うにはプライドが高すぎて内気すぎる二人の仲を取り持つ、月下氷人の役を引き受けねばならないのだろう。

エリザベスはぼくの手から本を取りあげると、声の調子を強めた。

「まったくもう、聞いているの？　兄さん」

わが妹がこんな大声をだすなんて、さすがにちょっとびっくりして、ぼくはちらりとエリザベスを見やった。それから、わざとらしくゆっくりと煙草に火をつけ、まん丸な煙の輪をぷかぷかと吐き出した。子どものころ、いらついている妹に知らんぷりをしてみせ、ますます怒らせるのが楽しみだったっけ。妹はそうされるのが本当に頭にくるらしい。そんな嫌らしい癖が、ぼくはいまだに抜けきらないのだ。けれど妹を本気で怒らせたいわけじゃないので、適当なところで折れることにする。

「聞いてるって」

「だからヘンリーのことなんだけど……」

「ヘンリーのこと？」おやっというような顔でぼくは繰り返した。エリザベスの目に、疑り深そうな表情が浮かぶ。

「ちょっと待ってくれよ……」

ぼくは立ち上がって本棚に近寄ると、分厚い百科事典の一巻目を取り出して妹の膝に置いた。そして大真面目な顔でこう言った。

「おまえときたら、いつだってヘンリーのことばかりじゃないか。それになかなか興味深い事例でもあることだし、彼について八百ページばかり論文を書いてみたんだ。でも、これはまだ第一部で……」

エリザベスのやつ、怒りのあまり息を詰まらせんばかりだった。そしてさっさとドアから出ていこうとするのを、ぼくはあわててとどめた。ぷりぷりしている妹をなだめるのに、たっぷり五分はかかった。

「さあ、拝聴いたしますって。この兄におまかせあれ」ぼくと妹は一歳違いだった。「悩みを解決してあげるから」

妹は大きくため息をつくと、こう打ち明けた。

「ヘンリーを愛してるの」

「気づいてたさ。でも……」

「ヘンリーもわたしを愛してるわ……」

「それも気づいてた」

「けど彼ったら、ものすごく恥ずかしがりやで、はっきり口に出してくれないの」

「しばらく様子をみてろよ。いずれ……」

「でも、こちらからアプローチするなんてできないわ。わたし、そんな女じゃなくてよ。いったいどんな顔して言えばいいの！　きっと、そこいらの軽薄な娘みたいに思われちゃうわ……だめよ、だめ。問題外だわ！」

しばらく沈黙が続いた。エリザベスは怒ったように目を拭うと、こう続けた。

「一昨日なんか、もう少しでキスしてくれそうになったのに。二人で、森に続く小道を散歩していたら、ちょうど日が暮れかけてきて、寒いわって彼に言ったの。ヘンリーはわたしの肩を抱いて、そのまま黙って歩き続けたわ。そしたらいきなり彼が顔を近づけてきて、キスしようとしたのよ。嘘じゃないわ、兄さん。彼の目が、はっきりそう言ってたもの。なのにヘンリーったら急に身をかがめ、地面に落ちていた細紐をひろってこう言うのよ。〝見ててごらん、エリザベス。これからぼくのすることを！〟そして紐を十二回も縛ったわ」

「それから?」

「それから」とエリザベスは涙をこらえて続けた。

「彼、靴を脱いだわ。そして……」

「そして?」

「靴下も脱いだの……」

「エリザベス! まさか……いや、続きをあててみようか。ヘンリーは足の指で、紐の結び目をほどいたんだろう!」

「そのとおりよ」とエリザベスは悲しげな声をあげた。「わたしにキスする気なんか、もうすっかりなくしちゃって」

「はっはっはっ! ヘンリーときたら。まったくあいつらしいや!」

「ちっともおかしくなんかないわよ、わたしは!」

「でもね、エリザベス、わからないかなあ。ヘンリーはおまえをびっくりさせようとしたのさ。いや、むしろ喜ばせようとね。それがあいつなりの……」

「でも、わたしはキスして欲しかったのに!」そう言って妹はふくれ面をした。

まったく驚くべき男だよ、ヘンリーは! かなり月足らずでこの世に生を受けたときから、奇を衒う彼の人生は始まった。母親の愛情に育まれ、ハンディキャップはいつまでも続かなかった。やがて彼は元気いっぱいのやんちゃ坊主に育ったが、おかげで周囲のみんなはひやひやのしどおしだった。そしていつしかサーカスやアクロバットに熱中するようになった、そんな息子の気持ちは、高名な作家である父親にはさっぱり理解できなかった。父親の禁止もあるものか、ヘンリーは家出を繰り返してはサーカス団にもぐりこみ、とんぼ返り、軽業、曲芸、手品と、あらゆる芸で拍手喝采を浴びた。何年かするうちには父親も言うだけ無駄とあきらめ、ヘンリーは夏休みごとに何週間も姿をくらましては、芸人たちの一座のあとを追うようになった。小遣い稼ぎだと言い訳をしていたけれど、小遣いなら父親からたっぷりもらっている。思うにわが友は病気みたいなもので、いつでもどこでも目立っていないと気がすまないのだ。だから、紐の結び目を足の指でほどいたという話も、実に彼らしかった。

おかしくてたまらないのをなんとかごまかしながら、ぼくは妹を励ました。

「次はキスしてくれるさ。そんな芸でおまえを驚かそうとしたのも、きっと内心の動揺を隠そうとしたからなんだ」

「そうだといいけど。でもわたし、ちょっと腹を立ててるのよ！　ねえ、兄さんから言ってくれないかしら。もちろん、それとなくよ。でも彼に伝わるように。さもなければわたし……」

「さもなければ？」

「ジョンの申し出を真面目に考えてみようと思うの」とエリザベスは平然と言ってのけた。

「そりゃジョンは、あんまり将来有望とは言えないわよ。ただの整備工ですもの。でも魅力がないわけじゃないし……」

「おいおい、こっちの身にもなれよ！　ぼくはおまえの……いや、だめだ、ベティ！」とぼくはいきなり大声をあげた。「それはまずい。ヘンリーは嫉妬深いからな！　ぼくを恨みに思うだろうよ。あいつは親友だから、喧嘩別れしたくないんだ！」

「嫉妬深いですって！　冗談じゃないわよ！　プロポーズのそぶりも見せないくせして。嫉妬深いなんて、耳を疑うわね。それに、もうわたし……」

妹はわっと泣き崩れた。ぼくは黙ったままだった。

「彼を愛しているのよ、兄さん。こんなふうに待っているのはもうたくさん。お願い、助けて。ヘンリーのご両親はロンドンに行っているから、家には彼ひとりだわ。だから行って、彼に話して欲しいのよ……」

「わかったよ」とぼくはしかたなしに答えた。「どうすればいいか考えてみるけど、何も約束はできないからね。そうだな……」とぼくは腕時計を見た。「九時前だから、まだヘンリーは寝てないだろう」

エリザベスは窓に近寄り、カーテンを引いた。

「明りは見えないけど……あら！　兄さん、兄さんったら！」

ぼくは一足飛びに駆けよった。

「光が見えたのよ」妹は震えながら、悲鳴混じりに言った。

「光だって？　街灯のほかには光なんて……」

妹の震える指が、ダーンリー夫人の部屋をさす。

「はっきりこの目で見たわ。ほんの一瞬だけど光ったの。あそこ、ダーンリー夫人の部屋が……」

窓越しにぼくは、見慣れた外の景色に目を凝らした。ぼくたちの家は、オックスフォードにほど近い村のはずれにあった。左から来た街道は、わが家の前で行き止まりになっている。家の正面から土の道が森にむかってのびていて、その両側にもそれぞれ家が建っていた。右側はホワイト家で、左側、つまり街道と土の道の角にある薄気味の悪い屋敷はヴィクター・ダーンリーの家だった。ダーンリー家は赤レンガの切妻づくりになった大きな屋敷で、一階はうっそうとした生け垣のうしろに隠れている。外壁は陰気な木蔦でびっしりと覆いつくされていた。明るさをかもしているものといえば、大きなしだれ柳の木くらいだが、裏手の隅に茂るイチイやモミの針葉樹に吹き込む風が、ごうごうと陰鬱な唸り声をあげるものだから、重苦しい雰囲気はいっこうに和らいでいなかった。こんな不気味な屋敷だけに、妹が〝嵐が丘〟とあだ名するのも無理からぬところだろう。しかもあの日以来、ダーンリーの屋敷には悪い噂がつきまとっている……第二次大戦の一、二年前のことだ。ジョンは当時まだ十二歳だった。ジョンの父ヴィクター・ダーンリーは実業家として活躍していた。仕事も順調なら家庭も円満で、幸福そのものだった。自慢の息子、控えめで愛想よく、村の皆から好かれている妻。ところがある十月の晩、ロンドンから戻ってみると、屋敷には誰もいなかった。息子のジョンがいないのは驚くにあたらない。たぶん友だちの家にでも行っているのだろう。けれども妻はどうしたんだ？　こんな遅い時間に家をあけるなど、今までなかったことだ！　あちこち探しまわったものの、無駄だった。誰も妻を見かけた者はいない。彼は息子を連れて、夜遅く屋敷に戻った。そして家中を調べ、最上階の増築した屋根裏部屋のドアに内側から鍵がかかっているのに気づいた。びっくりした彼は、すぐにドアを押し破った。目に飛び込んできた恐ろしい光景を、ヴィクターはその後もずっと忘れることができなかった。妻が血まみれになって、床に倒れていたのだ。右手には包丁が握られている。手首の血管が掻き切られ、体中に包丁による無数の切り傷があった。ドアには差し錠がかけられ、窓は閉まっていたので、警察は自殺と断定せざるをえなかった……だが、何という死に方だろう！　こんなふうに自らの命を絶つなんて、ダーンリー夫人は突然の信じがたい狂気の発作にかられたとしか考えられない。夫人には、自殺するような動機はまったくなかった。

夫も息子も、誰ひとり納得のいく説明はできなかった。その日以来、ヴィクターはすっかりふさぎ込むようになってしまった。権謀術数にたけた実業家だった彼が一線を退き、屋敷と庭の手入れをして過ごすようになった。やがて会社は倒産し、屋敷の一部を間貸しするはめになった。一階は自分と息子とで使い、二階と三階はひとに貸した。最初の間借り人は半年後、理由も告げずにいきなり出ていった。その後、戦争が始まると、軍が屋敷を徴発し、人の出入りが続いた。平和が戻ると、ヴィクターはまた上階を貸すことにした。若い夫婦がそこで幸せを育もうと、喜んで入居した。ところがほどなくして、妻がヒステリーの発作にかられて入院した。そしてもうこの屋敷には戻りたくないと言い張った。その後も何組かの夫婦が部屋を借りたが、長くは住み続けなかった。退去の理由はいつも同じだった。どことなく雰囲気がおかしくて、住んでいるうちにだんだんと神経がいらだってくる。それに屋根裏部屋から奇妙な物音が聞こえるというのだ。こうして屋敷にはよからぬ噂が立つようになり、ヴィクターには新しい間借り人がなかなか見つからなかった。ところがもうすぐラティマー夫妻なる人物が入居すると聞いて、村中その話で持ちきりだった。

「もう光は消えちゃったけど、たしかに何か見えたの。あそこの、四番目の窓だったわ。ダーンリー夫人が自殺した部屋よ……兄さん！　ほら、よく見て！　ねえ、どう思う？」

「想像力旺盛なのも考えものだぞ。あの日以来、部屋には誰も足を踏み入れていないはずじゃないか……」

「それはそうと兄さん、今度越してくるって、どんな人なの？」

「ラティマー夫妻っていうらしいけど、よくわからないんだ。どんな人たちなのか、誰も知らないんじゃないかな。この村じゃ、噂はすぐに広まるからね。詳しい事情がわかれば、とっくに母さんの耳に入っているさ」

「ああ、寒い！」エリザベスは窓を離れながら言った。「あの家を見てると鳥肌が立ってくるわ。まあ、わたしが住むんじゃないからいいけど。ジョンもかわいそうね！　本当に不運だわ。お母さんは精神錯乱で自殺してしまうし、お父さんもおかしくなるし……あんな荒れ果てた屋敷にいて、よく正気をたもっていられるものよね！」

「まったくだな。でも、ジョンは気丈だから。戦争中も、いくら爆弾が降り注ごうと、少しもあわてたりしなかったし……」

「お願いよ、兄さん。その話はよしましょう。戦争が終わってもう三年になるのよ。あのころのことを思い出すような話は聞きたくないの……」

「べつだん、戦争の話をするつもりはないさ。ただ、ジョンは立派な男だって言いたかっただけだ。真面目で、どんなときでも頼りになるし、女性にとっちゃ理想的な……」

「もうたくさん！　兄さんが何を言いたいのかわかってるわよ！　そりゃジョンはいい人だと思うけど……」

「愛しているのはヘンリーってわけか。おまえはヘンリーを愛し、ヘンリーもおまえを愛している。二人は愛し合うあまり言い出しかねているが」そこでぼくは上着をはおった。

「幸い兄貴がついている。万事うまくはからってくれるこの兄貴がね！」

妹はぼくの肩にしがみついて、感謝と不安の混ざった目でじっと見つめた。

「あんまりはっきりと言いすぎないでね。さもないと、わたしが頼んだって思われちゃうわ……」

「でも、そのとおりじゃないか」そう言ってぼくは皮肉っぽく笑った。「まあ、心配ご無用。どう切り出したらいいかぐらいわかってるさ。結婚相手を決めたって、いまから父さん母さんに話しとくんだな」

Ⅱ　悪　夢

ぼくは鍵を持って外に出た。きっと帰宅は夜中の一時を過ぎるだろうから。ドアを閉めるとき、恐ろしい胸騒ぎを感じた。我ながら情けないと思いつつも、漠然とした不安をどうしても拭いされなかった。あたりに目を凝らしてみる。霧が出てきたせいで街灯の光がさえぎられ、幻影のようにそびえるダーンリーの屋敷がいっそう不気味に感じられた。わずかでも光が見えないかと、最上階のあたりに目をむけたが無駄だった。屋敷は闇のなかに沈んでいる。

光なんて見えるわけない。そう思いつつ門の扉を押し開け、土の道へとむかった。ぼくなりに考えをまとめてみよう。もっとも単純な説明が、えてして最良の説明なのだ……つまり……ダーンリー夫人は自殺し、夫のヴィクターは生きる意欲を失って、精神に変調をきたした。やがて屋根裏部屋のほうから物音が聞こえ、光が目撃されるようになった。光が見えたと言いだしたのは、エリザベスが最初ではない。ヘンリーも前にちらりともらしていた。彼はジョンにもたずねてみたが、怪訝そうな顔をしていたらしい。ジョンの知るかぎり、夫人が亡くなったあと屋根裏にあがる者など、誰もいないはずだから。だとしたら？ 説明は簡単につく。夜の闇に乗じて、ヴィクターが呪われた部屋に行ったのだ。妻の亡霊に会おうとして……哀れな男だ……ぼくには、その場面がありありと目に浮かぶ。ナイトキャップをかぶり、白いシャツを着て、蠟燭片手にふらふらとした足取りで、屋根裏に続く階段をのぼっていく。その死がいまだに信じられない妻と再会するために。そう、たぶんそんなところだろう……

わが家から百メートルほど行けば、もうホワイト家の屋敷だ。昔からそうしているように、ぼくは軽く三回ノックした。

すぐにヘンリーがドアをあけた。

「ジェイムズか！ ちょうどよかった。すっかり退屈していたところなんだ」

小柄だが並はずれて筋肉質のヘンリーは、どっしりした体格に見えた。ふさふさとした黒い巻き毛を真ん中から分け、その下にある大きな顔には強い意志と情熱があらわれている。

力いっぱい握手をかわすと、ヘンリーは居間に通してくれた。

「実は」とぼくはできるだけさりげなく言った。「こっちも退屈していてね。今夜はまるですることがなくて」

「偶然の一致に乾杯だ！」とヘンリーは愛想よくウインクして言った。

ぼくも共犯者めいた微笑をかえし、自分の嘘をちょっと後ろめたく思いながら、肘掛け椅子に腰を落ちつけた。

サイドボードへむかったヘンリーのぼやく声がする。

「おや、あの卑怯者め！　極上のウィスキーを机に隠したな！」卑怯者というのは、父親のことだった。

そしてもの入れの取っ手をがたがたとゆすった。

「鍵がかかっている！　信じられないな！　ひとつ屋根の下に暮らしながら、ずいぶんと用心深いじゃないか！　でも、こんなちゃちな鍵でおれの手を阻めると思ったら……」

ヘンリーは机のうえにあったクリップをつまむと、かちゃかちゃとまわしてもの入れの扉をあけた。彼の指さばきに対抗できる鍵はほとんどない。いまでもよくおぼえているが、ヘンリーが初めて腕前を試したのは、母親が瓶詰めジャムをしまった戸棚の扉だった。

「秋の寂しい晩はこれに限るさ！」そう言って彼はウィスキーのボトルを勝ち誇ったようにかかげた。

「でも、親父さんたちが急に帰ってきたらどうする？　自分専用にとっておいた酒を盗み飲みされてるのを見たら、きっと腹を立てるんじゃないかな」

「おれたちが飲んであげれば、ちょうどいいさ。あの歳じゃ、飲みすぎはよくないからな……さて、葉巻でも漁ってくるか。手酌でやっててくれ」

「ワン・フィンガー？　それともツー・フィンガー？」とぼくは真面目な顔でたずねた。

「きみが必要と思うだけね……」つまりそれは、グラスいっぱいという意味だった。

ヘンリーが席をはずしているあいだに、ぼくはお酌係にまわった。それからテーブルの上にあった雑誌をとって、肘掛け椅子に腰をおろした。ページの余白に、鉛筆でたくさん書き込みがしてある。

「ヘンリー、よくこんなふうに雑誌の記事にメモを書き込むのかい？」

「きみはわかってないな」

「わかってないって、何が？」

「メモをとらずに読むなんて、消化せずに食べるようなものだ」

何の話だろうかと説明を待っているぼくに、ヘンリーは笑って続けた。

「親父がいつもぼくに繰り返している言葉でね、こっちはいいかげんうんざりしてるところさ。まったくもう！　本当に、作家の息子ってのも楽じゃないよ！　二、三日もずっと書斎にこもりっきりのこともあるかと思えば、執筆中のテーマとは無関係のメモを山ほど取りながら、何やかやと話しかけてくることもある。母さんは慣れっこになっているけれど、ぼくははっきり言って気に障るんだよな。というかむしろ……」

ヘンリーの父親アーサー・ホワイトは高名な作家だった。医学を修めたあと、ハーリイ街の優秀な臨床医のもとで助手として働き始め、その後一本立ちして診療所を構えた。けれども、引きもきらずやってくるとはまだ言いがたい患者を待つあいだ、彼は短篇小説を書いてロンドンの大きな週刊誌に発表していた。小説はなかなかの評判を呼び、気をよくした週刊誌の編集長は、あんまりぱっとしない医者の仕事はやめにして、執筆に専念したらどうかと勧めた。アーサー・ホワイトはこの賢明なるアドバイスに従い、たちまち作家として名をなした。デビューした週刊誌に短篇を発表し続けるかたわら、長篇ミステリや冒険小説、サイエンス・フィクション、歴史小説にも手を染め、高い評価を受けた。彼は息子にも同じ道を進ませようと腐心したものの、ヘンリーの関心は正反対の方向にあった。

ぼくたちは、黙ってウイスキーを味わった。

「そんな早々に邪魔が入りゃしないさ」しばらくすると、わが友人はそう言い添えた。「親父とおふくろはロンドンに芝居を見に行って、そのあと友だちのパーティーに寄ることになってる。夜中の三時前には帰らないだろうよ」

わかったとばかりに、ぼくもにやりとした。ウイスキーのボトルは、夜明けを待たずしてからっぽになっているだろう。果たすべき使命のことが脳裏をかすめたけれど、このデリケートな話題をどう切り出したものか、きっかけがつかめなかった。

四方山話に花を咲かせながらも頭をひねっていると、ありがたいことにヘンリーのほうからぼくの悩みを終わらせてくれた。あいかわらず快活な様子ながら、彼は少し神妙そうな口調で言った。

「ジェイムズ、実はちょっと相談があってな。つまり……きみの妹さんのことなんだが」

彼が言葉をとぎれさせたところで、ぼくはわざとらしく驚いて見せた。ヘンリーはボトルをつかむと、飲むかと目でたずねた。ぼくがうなずくと、ヘンリーは二人のグラスにウイスキーを注ぎ、肘掛け椅子にゆったりと腰を落ちつけた。そしてもの思わしげにグラスの中味を見つめていたかと思うと、一気に飲み干した。口を開きかけるものの、またすぐに閉ざしてしまい、いつになく時間をかけて葉巻に火をつける。困惑を隠しきれずにいるようだ。

そこでぼくから先手を打った。

「エリザベスがどうかしたのか？」

「いや、何でもない。何でもないんだ。でも、問題はそこなんだよ。このあいだ、キスをしかけたんだが、あと少しのところで勇気が失せちまって……」

ぼくは大声で言った。

「どうして、また？」

「彼女があんまり……」

「だからって？　どうしてキスしなかったんだ？」

ぼくの怒声に、ヘンリーは打ちひしがれている様子だった。ぼくは咳払いをすると、声を抑えてまたたずねた。

「ともかく、どうしてキスしなかったんだよ？　エリザベスを好きなら、キスするのが当然じゃないか！　愛し合っている二人なら、キス し合ったって何の不思議もないさ……ごく自然な、人間的なことだと思うがね……そうしちゃいけない理由なんて、まったくない。そうだろ、ヘンリー。いつだって、男と女は……」

ぼくは得々と話した。それから、かんでふくめるようにこう続けた。

「ヘンリー、キスしたかったなら、どうしてしなかったんだ？　そんな情けない目をしなくていいさ。だからどうしてなんだよ、おい？」

ヘンリーは返答に窮して、彫像のようにじっと動かなかった。けれども何度か唾を飲み込むと、ゆっくりと話し始めた。

「いま説明しようと思っていたんだ。ジェイムズ、大丈夫か？　酔いがまわったなら、むしろ……」

「このぼくが、酔ってるだって？　冗談じゃない！」

そう言ってぼくはボトルをとった。困惑しているヘンリーの目の前でグラスを満たし、先を続けるよう身ぶりでうながす。

「だからキスしかけたんだが、急に……」

ぼくはヘンリーをにらみつけた。

「急に……疑念がわいたんだ」

「疑念だって！」とぼくはあきれて言った。

「そうさ、疑念だよ。ギ・ネ・ン」

「わかったって。耳は聞こえてる。でも、疑念ってどんな？」

ヘンリーは額に手をあてて、目を伏せた。

「エリザベスも同じ気持ちでいるだろうかってね。でもぼくは、この微妙な状況をうまく切り抜けたさ」

うまく切り抜けただって！　そりゃよかった！　足の指で紐の結び目をほどいたのが、うまく切り抜けたことになるのかね！　ぼくはおかしくてたまらず、吹きだすのをこらえるのにひと苦労だった。おかげでしゃっくりがでてしまい、落ちつきを取り戻すのに満杯のウイスキーを飲み干さねばならなかった。

「ヘンリー」とぼくはため息混じりに言った。「断言してもいい。エリザベスがきみに抱いている感情は、単なる友情以上のものなんだ……」

ぼくはこの言葉が効果的に働くよう、ちょっと間を置いた。しばらくして、ヘンリーが口を開いた。

「つまり、それは……」

「エリザベスはきみを愛しているってことだ」

「愛しているだって！」ヘンリーは感情の昂ぶりを抑えかねるように言った。「ジェイムズ、きみはただ口先だけで……いや、本当に……」

「もちろん、じかに聞いたわけじゃないが」自分でもびっくりするほど自然に嘘がつけた。「あいつはプライドが高いからな。けれども、ぼくの目は節穴じゃない。エリザベスの態度の端々から、恋する乙女の心情がにじみ出ているさ」

「ジェイムズ」とヘンリーはぼくの言葉をさえぎった。「たしかにぼくなんだな、エリザベスが愛しているのは！　もしかして、ジョンのことでは？　最近、ジョンがエリザベスを見つめる目つきときたら……」

ヘンリーの目が、瞼の下から険しく光った。〝緑の目をした怪物〟と言われる嫉妬の光だった。もしヘンリーが、ジョンの腕に抱かれているわが妹を見とがめでもしたらどんなことになるかと思うと、そら恐ろしくなった。

ぼくはなだめるように手をあげた。

「いいや、ヘンリー、間違いなくきみのことさ。こう見えても兄貴だからな、あいつの気持ちはよくわかる。ジョンを愛してるだって？」ぼくは肩をすくめた。「いやはや、ありえないね。いい友だちだけど、それ以上じゃない」

そう聞いてほっとしたのか、ヘンリーはジョンを哀れんでグラスを掲げた。それからぼくらは、イギリスいちの美女エリザベスの健康を祝して乾杯をした。二人とも幸福感に浸っていた。夜がふけるにつれ、いや増す幸福感に。つまりぼくたちは、いささか酔っぱららっていたのだった。自信満々のヘンリーは、はかない夢を思い描いていた。おれは世界一の軽業師、最強の男だ。この手に名誉と栄光を！　ああもしてやる、こうもなってやる。おれが、おれがと繰り返すヘンリーが、ぼくには少し癇に障った。

たしかにヘンリーは気持ちのいい、さっぱりした男だが、お山の大将になりたがる性格には、はっきり言って辟易することがある！　それに、さんざん曲芸を見せられるのにも閉口する。アクロバットの才能のほどは認めるが、だからといってそれを仕事にし、世界的な名声を得ようだなんて！　いくら相手が親友だって、わが妹が誇大妄想狂の曲芸師となど結婚して欲しくない。

けれども、ヘンリーは酔っているのだと気づいて不安もやわらいだ。はっきりそう言ってやると、そっちこそしらふじゃなかろうにと言い返す。ぼくたちは陶器の犬のように、しばしじっとにらみ合っていた。やがてぼくはぷっと吹き出して、息が詰まりそうなほど笑った。ヘンリーもつられて笑い始める。ぼくは立ちあがって、王室のためにうやうやしく乾杯をした。ヘンリーもあとに続こうとしたが、肘掛け椅子にへたりこんでしまった。

ぼくもふらふらと倒れこむ。それでもヘンリーは力をふりしぼって、最愛の女性を称えてグラスをあけた。こんなへべれけに酔っぱらって、目に涙さえ浮かべているところを、妹には見られたくないものだ。いつもは品のいい兄貴のことを、どう思うことやら！

「おい、何を遊んでるんだ？」ぼくはもごもごと訊ねた。ヘンリーは小さなボールを投げては拾いしている。

「アハハ、ゴムボール遊びさ！」

そしてまた二人とも、涙が出るほど笑いころげた。しばらくして、ヘンリーが続けた。

「曲芸に使うんでね。そのうち見せてやるよ」

「いや、今すぐ見せて欲しいな」とぼくは言い返した。

「何か名目がなくちゃ……ええと……それに……」

ヘンリーはごろりと横になると、たちまち眠ってしまった。しかたなくぼくも眠ることにした。そしてフロアスタンドを消すと、甘美なまどろみのなかにゆったりと身をひたした。


女が乳母車を押している。子どもはうめいている。その声は弱々しく、ときには聞こえないくらいだ。やがてうめき声が大きくなる。女は平然として乳母車を押している。うめき声は、今や泣き声に変わっていた。子どもはつらいのだ。嘆き苦しみ、恐ろしい悲しみに打ちひしがれている。助けを求めているのに、誰も耳を傾けてくれない。子どもは奇妙な顔をしていた。赤ん坊らしさはまったくない。それは大人の顔、知り合いの顔だった……ヘンリーだ！

ぼくは暗闇のなかで飛び起きた。体中に脂汗がじっとりとにじんでいる。何とか考えをまとめようとするものの、がんがんと頭が痛んでどうにもならない。ぼくの哀れな頭のなかでは、メリーゴーランドが狂ったようにまわっていた。

とそのとき、すぐ近くから聞こえたうめき声に、地獄のメリーゴーランドも止まった。耳をそばだててみる。何も聞こえない。恐ろしい悪夢の続きなのだろうか？　ぼくは目を見開いて、闇を注視した。何やら黒々としたものが見えるようだ。それに、ここはどこなんだろう？　ともかく、自分のベッドではない。ぼくは夢と現実の狭間でもがいていた。

だんだんと意識がはっきりとしてくる。やれやれ、あんなに酔っぱらうなんて！　夢の分析でも始めようとしたとき、またもや聞こえたうめき声にぼくは震えあがった。ぐっと歯を食いしばる。今度は間違いない。誰かがこの部屋で悲しげにうめいているのだ。ヘンリーだろうか！　居間にいるのはぼくら二人だけなのだから、ヘンリーに違いない。あの夢と同じように、うめき声は泣き声に変わっていた。ヘンリーが泣いている。かわいそうに、彼も悪夢を見ているのだ。そしてうわ言まで言い始めた。

「だめだ……そんなの恐ろしすぎる……いやだよ……ママ、行かないで……お願いだ……」そこでヘンリーははっと目を覚ました。「どうしたんだ！　おい、ジェイムズ？」

「ここにいるよ、ヘンリー。落ちつくんだ。悪い夢を見たのさ。でも、もう終わった。動かないで、明りをつけるから」

ぼくはフロアスタンドを倒さないよう手さぐりをしながらスイッチを入れ、ヘンリーのそばに戻った。顔色は真っ青で、目は充血し、見るも哀れな様子だった。その顔には、深い悲しみが浮かんでいる。ぼくはヘンリーを安心させようと、肩に手をあてた。

「ぼくも悪夢を見たよ……」無理に笑顔を作ってぼくは言った。「まあ、自業自得ってところだな。そう思うだろ、ヘンリー？」

そんな言葉も、彼の耳には聞こえていないかのようだった。

「恐ろしい夢だった……でも、もっと悪いことに……」

「夢なんて、たいてい愉快なものじゃないさ！」

「もっと悪いことに、その夢をおぼえていないんだ……」

「だったら、どうでもいいじゃないか！　まあじっとしてろよ。いまコーヒーをいれてくるから。そうすれば目も覚めるさ」

「ジェイムズ！」ヘンリーは柱時計を見て、驚きの声をあげた。

ぼくは不安になって、しばらく彼の顔を見つめていた。

「どうかしたのか？」

「もう三時半だ！」

「それが？」

「親父とおふくろが、まだ帰ってない！」

「夜中の三時前には帰らないだろうって、自分で言ったじゃないか」ぼくはなだめ口調で答えた。

「そう、そのとおりだ」とヘンリーは認めた。「それに帰り道も長いことだし。本当に、ぼくはどうかしてるな……」

「どうかしてるさ……まあ、ぼくたち二人ともね」そう言って、ぼくはほとんどからになったウイスキーのボトルを皮肉っぽく見やった。

それからぼくはコーヒーをいれに行った。

三杯もお代わりをしたあと、ヘンリーはようやく口を開いた。

「やっとすっきりしてきたよ。でもどんな悪夢だったのか、思い出したいね。あんなに恐ろしかったのは、生まれて初めてで……」

そのとき鳴りだした電話のベルに、ぼくは飛びあがった。

ヘンリーは肘掛け椅子のうえで凍りついたまま、苦しげにぼくを見つめていたが、やがてゆっくりと立ちあがった。おずおずと電話機に手をのばし、それから大きく息を吸って、乱暴に受話器をとる。

数時間前、家を出るときに感じた言いようのない不安が、またもや心によみがえった。ぼくは胸がしめつけられる思いで煙草に火をつけると、渦巻く紫煙を目で追った……

ヘンリーが受話器を戻した。刻一刻と、沈黙が重苦しさを増してゆく。ヘンリーはまだ電話機を手に持ったまま、じっと立ちすくんでいた。ようやく電話機を置き、こちらをふり返ったその顔は真っ青で、名状しがたい苦悩に歪んでいた。ぼんやりとぼくを見つめながら、彼は小さく口を開いた。

「自動車事故があって……母さんが死んだって」

Ⅲ　奇怪な自殺

夜中の三時ごろ、ロンドンから帰宅途中のアーサー・ホワイトは車のハンドルをとられ、乗っていた二人は逆さまにひっくり返ったオープンカーの下敷きとなってしまった。並はずれて強健な体をしたアーサーは、無事抜け出すことができた。通りがかりの人たちが苦労の末救出するまでの二十分間、一トン近い重みを背中に受けていたのだから、たいていの人間なら一生寝たきりになってしまうところだ。ホワイト夫人のほうは衝撃に抗しきれず、三時十五分に息をひきとった。

アーサーが夫人のルイーズと知り合ったのは、まだ医者をしていたころだった。患者のなかにひとりの子どもがいて、その姉がルイーズだった。アーサーは全力で治療にあたり、ルイーズと日夜交代で看病をした。けれども、二人の結婚式を数週間後にひかえた日に、子どもは亡くなってしまった。二人は強い絆のなかで結婚した。

彼らの婚礼写真を見せてもらったことがあるけれど、本当にすばらしいカップルだった。アーサーは褐色の髪をし、大柄で屈強。金髪で手足のすらりとしたルイーズは、優美な妖精のようだった。彼女は夫や、まわりにいる人々すべてを幸せにした。穏やかで優しい瞳はにこやかに輝き、いつも陽気で親切で、目立たないように気づかいをする。誰にでも好かれ、子どもたちみんなに慕われていた。ぼくもあれこれ口実を見つけては、しょっちゅうヘンリーの家に遊びに行ったものだ。

それにホワイト家にはトレーニング・ルームがあった。アーサーはまずそこで運動をしてから、どんな天気の日でも一時間ほど野山を散策するのだ。彼が出ていくとすぐに、ぼくらはトレーニング・ルームに入り込み、思うぞんぶん遊んだ。ホワイト夫人は、夫が帰る前にもとどおりきちんと片づけておくように言い、ご褒美のお菓子をくれるのだった。お手製のオレンジマーマレードを塗ったマフィンを、今でもよくおぼえている。あんなにおいしいマフィンは食べたことがない。

ホワイト夫人の不慮の死に、村中が悲しみに沈んだ。村では、誰もが皆彼女の友だちだったから。アーサーは罪悪感に苛まれ、悲嘆に暮れていた。ヘンリーもすっかり涙に沈んで、誰にも慰めようがないほどだった。わが友は身近な人間に対していつでも思いやり深かったが、とりわけ母親のことは言葉であらわせないくらいに敬愛していた。もちろん子どもが母親を愛するのには、何の不思議もない。けれどもヘンリーは自分に生を授けた女性を、文字どおり崇め奉っていたのだ。それだけに、彼の受けたショックははかり知れなかった。恐ろしい知らせを受けたそのときから、傍目にも心配なほど意気阻喪しっぱなしだった。

ホワイト夫人の葬儀は辛く、心揺さぶるものだった。ただひとりヴィクター・ダーンリーだけは平然としていた。たしかにその顔には悲しみと、不幸な友人に対する同情があらわれていた。けれどもヴィクターがお悔みのなかで言った驚くべき言葉は、ぼくの耳にはっきりと残っている。

「泣くことはないんだよ、アーサー。むしろ彼女のために喜んであげなくては。死は終わりではないのだから。きみがいま感じているのとまったく同じ悲しみに、わたしもかつて打ちのめされたものさ。ルイーズを永遠に失ったと思っているんだね。でも心配はいらない。そのうちまた、彼女に会えるだろうよ。また会えるんだ。わたしの言うことを信じて。いいね」

「かわいそうに。みんなでヘンリーの力になってあげなくては。ほっとくわけにはいかないよ。しっかりしろ、気をたしかに持てとぼくも言ったんだが、まったく聞こうとしないんだ。容易なことじゃないけれどね！」

こう話しかけてきたのは、精悍な顔をした赤毛の大男ジョン・ダーンリーだった。頼られれば、相手が誰であれ一肌脱ごうという熱血漢だ。

ぼくとヘンリー、それにジョンは、毎週土曜の晩になると居酒屋に集まった。村に古くからある店のひとつだ。その週末も例によって顔を合わせたが、ヘンリーはいつになく無口で、さっさと先に帰ってしまった。

まだ九時にもなっていない。残った二人は店の隅にあるいつもの席で、友人が去ったあとの椅子を見つめていた。ぼくたちはこの広々とした店が気に入っていた。何世代にもわたる煙草の煙にいぶされ、黒ずんだ太い梁。古色蒼然とした羽目板。カウンターでは、この地元でもっともうまいビールが、樽からじかに注がれている。カウンターのうしろに控えている店主のフレッド親父は、暖かく気持ちのいい雰囲気を作り出すことにかけては右に出るものがない。あふれんばかりに泡立つ茶色や琥珀色の液体で、客のジョッキが威勢よく満たされていく。そして喧騒のなかにたちこめる紫煙が、ただでさえほのかな壁灯の光を、いつしかすっかり包み込んでしまう。

けれどもその晩ぼくたちは、盛りあがる気分ではなかった。ジョンの目が、二人の気がかりを雄弁に語っている。

「きみの妹さんなら何とかできないかな、ジェイムズ？　きみからひとこと言ってもらえれば……」

こんな申し出をするのが、いかにも度量の広いジョンらしいところだ。彼が妹のエリザベスにぞっこんなのはわかっている。なのにヘンリーとエリザベスの仲を取り持つようなことを、ぼくに頼むのだから。

ぼくは頭を横に振った。

「エリザベスがかい？　あんな大の泣き虫が？　やめたほうがいいな。ヘンリーをよけい悲しませるだけさ。エリザベスときたら、慰めるべき相手を泣かせてしまう特技の持ち主だからね」ぼくはちょっと間を置いてから、自信に満ちた口調で続けた。「きっとヘンリーは立ち直る。時間の問題さ。時はすべてを消し去ってくれる。さもなければ、この世にはとても生きていけないような苦しみがたくさん……」

そう言いかけて、ぼくはあわてて口を閉じた。まったく自分ののどが恨めしかった。

「たしかに、時はすべてを消し去ってくれる」ジョンは虚ろなまなざしで空《くう》を見つめながら、ゆっくりと繰り返した。「少なくとも、部分的にはね……時は傷口を癒してくれるんだ……」

ああ！　自分をひっぱたいてやりたいくらいだ！　何て馬鹿だったのだろう、このぼくは！　でも後悔先に立たずで、すでにジョンは恐ろしい晩のことを思い出していた。

「あの晩ぼくはビリーと遊んでいたんだ。そうしたら父さんが迎えに来て……父さんはあわてていた……母さんが行方不明だって。いっしょに家に戻ったけれども、母さんはいなかった……家中を捜しまわって……父さんは屋根裏部屋にあがった……そうして、今まで聞いたこともないような悲鳴をあげたんだ……ぼくもすぐに行ってみると……一番奥の扉が開いていて、明りが漏れていた……急いで駆けつけると……ひざまずいている父さんの脇に、母さんが倒れていた……」

「悪かったね、ジョン。無神経なこと言っちまって。でも……」とぼくは口ごもった。

そんな言葉など耳に入っていないかのように、ジョンは続けた。

「ぼくはまだ十二歳だった。あれ以来父さんは人が変わってしまった。頭がおかしくなったって言う人もいたけれど……やがて商売もだめになり……ぼくは大事な学業をあきらめ、生活のために働かねばならなかった……」そう言って彼は、すっかり荒れた手をじっと見つめた。「でもささいな問題さ、母さんが死んだことに比べれば。事故ならまだあきらめもつくけれど……自殺だなんて……しかもあんな死に方をして！　動機なんか何もないのに……たった数時間のあいだに、理性をなくしてしまった。すっかりおかしくなってしまったんだ……あの死体の惨たらしさといったら、見た者でなけりゃ想像もつくまいよ……あたりをうろつく変質者のしわざかとも思ったけれど……でも、そんなはずない。部屋には内側から差し錠がかかっていたのだから……恐ろしい疑問に苛まれ、何度夜中に飛び起きたことか。どうして母さんは、あんなことしたんだろうって。どうして？　だって母さんが精神錯乱を起こすなんて、ぼくにはどうしても納得できないんだ。だったら、どうして……」ジョンはため息をついた。「けれどもね、ジェイムズ、きみが言うように、時はいろいろなことを消し去ってくれる。ようやく、ぼくも……」

ジョンは必死に涙をこらえている。

ぼくは励ましの言葉も見つからなかった。こんな辛い思い出をよみがえらせてしまうなんて、まったく許しがたい大馬鹿だ。どんなに非難されてもしかたない。ぼくは心のなかで自分を罵った。できることといったら、慰める代わりに煙草をすすめるくらいだった。ジェイムズ、おまえは本当に哀れな間抜け野郎だよ！

そんなぼくの心中を察したのだろう、ジョンはこう言ってくれた。

「きみのせいじゃないんだ、ジェイムズ。しかたないさ。ヘンリーは十日前に母親を亡くしたばかりだし、ぼくは十年前に母を亡くした。残った家族は向かい合わせに住んでいる。どうしたって、比べて考えてしまうよ」

たしかにそのとおりだ。でもぼくは、そんな気づかいもできないほど哀れな能無しになり果てたんだ。

ジョンはぼくの背中をぽんとたたいた。

「さあ、ジェイムズ！　いつまでも自分を責めてないで。すんだことなんだから！　ぼくなら心配ないさ。今はヘンリーのことを考えてあげなくては！」

そう言ってジョンが合図をすると、フレッドは心得たとばかりにうなずいた。おいしそうに泡立ったジョッキが二つ、さっそくテーブルに運ばれる。

「こいつはおれのおごりだ」とフレッドはこぼれんばかりの笑みを浮かべて言った。

フレッドはいつでも力強い声と大きな身ぶりで話す。耳を聾する喧騒のなかでも、店の主人が誰なのかひと目でわかろうというものだ！

フレッドの笑顔が重々しい表情に変わる。そして彼はぼくら二人の肩に手を置き、小声で言った。

「沈み込んでたじゃないか、ヘンリーのやつ。少し元気づけてあげなくちゃな！　かわいそうなことだったが……」

カウンターのほうから、フレッドに注文の声がかかる。

「じゃあ、またな」そう言い残すと、彼は叫んだ。「はい、はい、今行きますって！」

「そういや昨日の晩、ラティマー夫妻が引っ越してきたよ」しばらくしてジョンが口を開いた。

ホワイト夫人が亡くなったせいで、新しい間借り人のことはすっかりかすんでしまった。今日の午後、ちらりと見かけたけれど。

「どんな人たちなんだ？」

「ラティマー氏は四十歳くらい、金髪で、保険の仕事をしているらしい……奥さんはすごい美人だ。茶色の長い髪をして、微笑みかけられるとぞくぞくするほどさ。三十五歳くらいかな。残念だよ、旦那がいるなんてさ」そう言ってジョンはウインクした。

「つき合いやすそうかい？」

「まあ、ちょっと見はね。でも、まだゆっくり話してはいないんだ。ともかく、礼儀正しかったな」

「何も言ってなかったか？　あのことについては……」

「夜中に聞こえる足音や、屋根裏部屋の不思議な光とか？　想像力旺盛な連中が作り出す噂話の類について？」

「ジョン、きみが一番よく知っているはずじゃないか。前の間借り人たちがそう言ってたって！　そのせいで早々と引っ越してしまったんだろ、みんな！」

ジョンは首を横にふった。口もとには皮肉っぽい笑みが浮かんでいる。

「うちの屋敷は陰気そうだからね。それは認めるさ。狂気にかられた女が恐ろしい自殺を遂げたのも事実だ。父親も常軌を逸していて、ときどきおかしなふるまいをする。それも否定しないよ。でも、みなが思っているほど狂っているわけじゃない。こんな前提条件のうえに想像力が働くと、つい見えてしまうんだ……ありもしないものまでね！　階段がきしむだって？　でもそんなこと、別段不思議じゃないさ！　思うに、階段は木製なんだから！　じゃあ、夜中に聞こえるのはどうしてかって？　それはみんな眠っていて、あたりが静まり返っているからだ！　決まっているじゃないか！　屋根裏部屋の足音や、不思議な光に関して言うなら……ぼくはそんなもの見たことも聞いたこともないね」

「きみは一階に寝ているからね」とぼくは指摘した。「だから誰かが屋根裏を歩いていてもよく聞こえないだろうし、部屋に明りがついていても見えないはずだ！」

「それはそうだが」とジョンは認めた。「でも、屋根裏部屋には誰ものぼってはいないんだ！　そんな噂話が本当だとして、じゃあ誰なんだ？　幽霊の真似事をしようなんていう物好きは？　はっきり言って、ぼくには見当もつかないね」

ぼくは何も答えずにおいた。ひとつだけ考えられることがあるけれど、それは黙っていたほうが賢明だろう。ジョンの父親が妻の亡霊に会うため、彼女が死んだ部屋を闇に乗じて訪れているのだ。それにアーサーが夫人を亡くしたときだって、こうお悔みを言ってたじゃないか。「そのうちまた、彼女に会えるだろうよ。また会えるんだ」と。しかし、ジョンにどう説明したものか？　父親のことほど、ジョンを傷つける話題はない。ぼくの仮説だと、ジョンの父親は気が狂っていることになってしまう。だめだ、ここは黙っているほうがいい。すでにもう、ジョンにはさんざんへまをしでかしているのだから。

ジョンもぼんやりとした様子で、黙りこくっていた。それから突然こんな話を始めた。

「昨日の晩、ラティマー夫妻が荷物を運ぶのを手伝ったのだけれど」

ぼくは煙草を箱から一本取り出した。

ジョンはためらっているようだったが、言葉を続けた。

「ラティマー夫人が父さんと話していた」

ぼくは静かに煙草をふかした。

「……その間にぼくとラティマーさんは荷物を運んでいて」

ぼくは煙草を吸い込み、天井に向けて煙を吐き出した。

「……父さんは玄関ホールでラティマー夫人といっしょだった……」

ぼくは指でとんとんとテーブルを叩いた。

「……スーツケースを持って二階にあがり……」

ぼくはふうっと息を吐く。

「それを置いてまた下に降りた……そのとき……」

「そのとき？」とぼくは、自分を落ちつけようと静かな声で繰り返した。

「そのとき、小耳に挟んだんだ……父さんとラティマー夫人の話をね」

ぼくは待ちきれなくなって、テーブルを拳で叩いた。

「それで？　どんな話をしてたんだい？」

「途中からしか聞こえなかったけれど、どうやら父さんは前の間借り人たちがさっさと引っ越していったわけを説明していたらしいんだ。足音のこととかを。ラティマー夫人が何て答えたかというと……それが実に奇妙で、どう説明したらいいのかわからないのだが……」

ぼくは思いきり咳払いをして、精いっぱい落ちつこうとした。

「それで、何て答えたんだ？」

「言ったとおりを繰り返すと、〝わたしは幽霊など恐くありません。それどころか……〟

と」

「それどころか、だって？」

「ああ、はっきりとそう言ったんだ。それどころかって。でもあとは続けず、おやすみなさいとだけ言うと部屋に戻ってしまった」

「幽霊が好きなんだろうか……」

「好きだって？」

「幽霊など恐くない。それどころか、幽霊に出てきて欲しいってわけだ」

「そんな馬鹿な！　誰だって、幽霊が好きなはずないだろ！　おかしいじゃないか……」

「おかしなことはたくさんある」とぼくはため息混じりに言った。

十日ほど前にヘンリーの家ですごした晩のことが、記憶によみがえってきた。ヘンリーは悪夢にうなされ、不可解な悲しみにとらわれ飛び起きた。夢のなかで彼は泣きながら、口ごもるように言っていた。「だめだ……そんなの恐ろしすぎる……いやだよ……ママ、行かないで……お願いだ……」と。それが三時十五分ごろ。ちょうどその時刻に彼の母親は事故で死んだのだ！

「ホワイトさんの自動車事故のことか？」とジョンは眉をひそめてたずねた。

「ああ……いや……」とぼくは言葉を濁した。「いや、いいんだ。何を話そうとしてたんだろう。疲れているみたいだ」

もう帰ったほうがいいとジョンにうながされ、ぼくはおとなしく立ちあがった。

Ⅳ　ルイーズへの手紙

「ものすごく頭が痛いのよ、ダーリン」

「アスピリンをお飲み」

「もう四錠も飲んだけど、ちっとも効かないわ」

「我慢して」と父はネクタイを直しながら言った。「急いでおくれ。遅刻するから」

「本当にひどい頭痛」と母はうめくように言った。「我慢できないわよ。だめ、とっても行けないわ！」

「何だって！」父はかっとなった。「行けないだと？　あんな辛い出来事のあとだというのに、ホワイトさんは気丈にも昼食会を催してくださったんじゃないか。ラティマー夫妻と顔を合わせる機会を設け、近所づき合いがうまくいくようにとね。それなのに、ちょっと頭が痛いくらいで欠席するというのか？　まさか本気じゃあるまいね。失礼きわまりないぞ。ほら、急ぐんだ！　ちょっとの我慢だから、さあ！」

けれど母も譲らなかった。青ざめた顔で父をにらみつけると、冷たくこう言い放った。

「とっても外出できる状態じゃないわ。行きませんからね！」

沈黙が続く。

父は爆発寸前だった。けれどもぐっとこらえると、表情をゆるめて作り笑いをした。

「ねえ、おまえ」そう言って母の手を取り、身をかがめる。「たしかにしつこい頭痛ほど辛いものはないさ。誰よりもこのわたしが一番よく知っているとも。わたしだって、特に夜などしょっちゅうひどい頭痛に襲われるんだ。おまえに気を遣わせまいと、黙って耐えているけれどね……おまえが思っている以上によくあるんだよ、そういうことが。本当にあれは辛い。だからといってアーサーの招待を断るのは、話が違うんじゃないかな……彼には慰めが必要なんだ。われわれがついていてあげなくては。奥さんを亡くして、まだ三週間もたっていないのだから。ひとりぼっちで、途方に暮れているんだよ。ヘンリーもまるで助けにはならないし。今回の招待は助けて欲しいという意思表示なんだ。むげに断るわけにはいかないさ。欠席なんかしたら、アーサーも納得できんだろう。落胆して、わたしたちの友情を疑うかもしれないよ」

無表情な視線が、じっと父に注がれていた。

「話はそれだけ？」

「何だって？」

「くどくどしたおしゃべりはもうおしまいなのかって訊いてるの」

「というと？」と父はとぼけて訊き返した。

「もうたくさん！　ともかく行きませんからね……二人とも。それで話はおしまい！　ジェイムズとエリザベスにわけを説明してもらいましょう。アーサーだってわかってくれるわよ」

「二人ともだって？」と父はかんかんになって叫んだ。「二人って誰のことなんだ？」

「あなたとわたしに決まってるでしょ！　しらばっくれないでよ。下手なお芝居なんかして！」

すると父も横柄な態度で言い返す。

「おまえが礼儀作法を心得てないからって、わたしまで巻き込むんじゃない。けっこう、いたければ家にいればいいさ。でも、わたしは出席すべきじゃないかね。ジェイムズ、エリザベス、さあ行くぞ！」

母はわざとらしい憤激と、本物の癇癪に震える声をあげた。

「病気の妻をひとりで置いていくっていうのね。頭のおかしな連中が、いつ襲ってくるともわからないのに！　新聞を読んでないのかしら」それから激昂のあまり目をぎらつかせ、威圧するような身ぶりで叫んだ。「行くがいいわ！」

父はもったいぶってドアにむかったが、途中で歩みは鈍り、やがて止まってしまった。

それからサイドボードに近寄ると、グラスになみなみと注いだウイスキーを一気に飲み干し、弱々しい声でこう言った。

「おまえたちだけで行きなさい」

今回も母の勝利だった。

「鍵をかけ忘れないでね」玄関のドアを閉めているぼくにむかって、エリザベスが言った。

「ああ、わかってるって」ぼくはぶつぶつと返事をした。「まったくうっとうしい天気だな！」

九月も終わりだというのに、やけに暑苦しい日だった。冬が早いと言われていたのに、熱波が南部を襲っていた。

「今夜は嵐が来るらしいわよ」とわが妹は、自分の服装をためつすがめつしながら言った。

「この服、どうかしら？　兄さん」

「似合ってるよ」とぼくは認めた。

たしかに、すらりとした体型を引き立てる白いドレスを着こなしたエリザベスは、実に魅力的だった。かわいらしいパンプス、控えめな襟ぐりをそれとなく強調する見事な銀色のレース模様、何気なさそうでいて念入りにセットした髪。どれもうまく決まっている。

「悪くないね。うん、悪くないとも」とぼくは言った。「ちょっと待って……ほら、このハンカチで、少し口紅をおとしたほうがいいな……うん、それでいい」

「ヘンリーは気に入ってくれるかしら？」

「あいつは気難しいからな。ところで、うまくいっているのか、おまえたち？」

「ええ。でもこの前は、気を悪くさせたんじゃないかって思うのよ」

「へえ？」

「もしかして、キスさせてあげたほうがよかったんじゃないかって……」

ぼくは続きを待った。

「おとといの晩、様子を見に彼の家によったのよ。元気になっただろうかって」と妹は心配そうに言った。「ヘンリーはお母さまの話をしてくれたわ。自分にとって母親がどんな存在だったかって。二人で愛について語ったの。つまり、愛とは何かっていうことを。彼はとても不幸そうだったわ。だからわたしは慰めてあげた……そうしたら、いきなりわたしの腕を取って……」

いよいよだな、とぼくは思った。いよいよ大詰めだ。

「キスをしたの……」

やれやれ、これでぼくも肩の荷が下りた。

「いえ、つまり彼はキスしようとしたわけよ。でも、わたしが許したなんて思わないでね！　一回目は、まだだめ……あら、どうしたの、兄さん？　何かまずいことしたかしら、わたし？」

ぼくは頭をかかえた。まったく耳を疑うよ。

「エリザベス、まさか本当に……」

「ええ、そうよ。でもヘンリーは怒ってなんかいなかったわ。だってすぐに謝っていたもの。ただ、ひとつ気にかかったことがあって……彼、こう言ったの。〝もう、二度としないから〟って。もしかして、わたしが拒絶したことを誤解したんじゃないかしら。どう思う、兄さん？」

もうホワイト家に到着していたので、ぼくは何も答えなかった。もう知ったことか。こいつらのことにはもう二度と関わらないぞ、とぼくはそっと心に誓った。

アーサー・ホワイトがぼくらを出迎えてくれた。悲しみを押し隠して、彼はいつも以上に愛想よくふるまっている。

「さあ、入った、入った。今日はいちだんときれいじゃないか、エリザベス。ドレスが実によく似合っている！」

「まあ、ありがとう、ホワイトさん」わが妹は真っ赤になりながら、しなを作った。

「ところで、ご両親は？」

「母がひどい頭痛なもので……」

「それでお父上はひとりにすまいと思ったわけだね。わかった、そのほうがいい。何があるかわからないからな……」そこで声が弱まった。「さあ、居間に行って。ジョンとヘンリーがお待ちかねだ」

ぼくらが居間に入るとすぐに、二対の目がむさぼるようにエリザベスを見つめたが、妹のほうはまずヴィクターに挨拶をした。ホワイト夫人が亡くなって以来、ヴィクター・ダーンリーは前より顔の色艶がよくなってきた。そして何度となくアーサーの家を訪れるようになった。以前はめったにないことだったのに。

いつもならむすっとしているヴィクターが、お世辞をまじえて愛想よく妹に挨拶をしている。エリザベスのほうは控えめに取り繕っているものの、目の輝きから察するに機嫌は上々らしい。ジョンは高まる不安を押し隠すかのようにわざとおどけた口調で、父親に輪をかけたお世辞を言い始めた。ヘンリーはといえば、ダーンリー父子の雄弁な眼差しと賞賛の光を浴びて開花するエリザベスを前にして、口ごもりながら「やあ、エリザベス」とひとこと言うのがやっとだった。

「ヘンリー、そんなところにぼさっと立ってないで、お客さんたちのお世話をしなさい！」とアーサーの力強い声がとどろいた。

そのとき、玄関のベルが鳴った。

「ああ、主賓のご到着だ！　わたしが出よう」そう言ってアーサーは戸口にむかった。

ヴィクターが二人を紹介する。パトリック・ラティマーは一見、人あたりがよかったけれど、話してみるとどことなく鼻につく感じもある。夫人のアリスは皆の視線を独り占めにした。美人で、しかも自らの美しさを心得ている。着こなしもエレガントだが、ぼくの好みからするといささか挑発的すぎるようだ。でもヘンリーはうっとりと彼女のほうばかりを見つめていた。それにはわが妹も気づかぬわけない。どぎまぎしているヘンリーの脇にアリスが腰かけたときには、怒りで青ざめていた。

ヘンリーは落ちつきを取り戻そうと、いつものようにおどけた調子で手品を披露した。一段とすばらしい手さばきで、実に見事なものだった。

パトリック・ラティマーはすっかり見とれている。夫人のほうはといえば、感嘆のあまり顔を上気させ、ヘンリーのすばらしい才能――彼女は〝魅力〟という言葉さえ使った――に賞賛を惜しまなかった。おかげでヘンリーは大はりきりだった。

皆の注目を浴びて、ヘンリーは喜びと自負心とに輝いていた。いつになく大袈裟な、面白おかしい身ぶり手ぶりで演じている。

「ヘンリーのやつ、生きる希望を取り戻したようだな」とぼくは妹の耳もとで意地悪くささやいた。

「うるさいわね、この裏切り者」

アーサーは少しいらだっているようだった。乾杯のグラスを並べたトレーを持ってくるように言いつけ、息子のアクロバットは終わりにさせると、自分は高級辛口シャンペンを抜きにかかった。今日のホスト役は気前がいい。

高価な液体が、フルート・グラスのなかで泡立った。それから、会食者たちの目のなかにも。楽しい宵のひとときが始まろうとしている。アーサーもくつろいだ様子だった。ただひとりエリザベスだけが、湧きあがる嫉妬を抑えかねていた。

「ホワイトさん、あなたの作品はほとんど読ませていただいてますわ。あんなに緻密なストーリーをどうやってお作りになるのかしら？」

「奥さん、わたしは読書のなかからインスピレーションを得るのですよ。メモをとらずに読書するのは、消化せずに食べるようなものなり。これがわが座右の銘なんです」

「まあ、独創的なお考えだこと！　おぼえておかなくちゃ……」

ヴィクターまでもが会話に加わっている。

「アーサーは現代を代表する作家ですよ。それはもう疑問の余地がない」

「それはまた大袈裟だな。むしろわたしは……」

「このシャンペンはすばらしいね、アーサー。もう一杯いただこうかな」

「好きに飲んでくれたまえよ、ヴィクター。いや、なに、遠慮は無用だ」

「まあ、ヘンリー！　すごいわ！　でも、どうやったのよ？」

「奥さん……」

「アリスと呼んで」

「アリス、言うなれば生まれつきの才能なんですよ、これは。小さいころから、もう……」

「何て面白いんでしょう！」

「癇に障る女《ひと》ね。あんなにおべんちゃら言って。それに胸もともあきすぎで、品がないわ。ねえ、ジョン、ラティマー夫人みたいなのが美人だと思う？」

「あの手の女性が好みなら、正直言って悪くないだろうね。でも、ぼくはまったくいいと思わない。きみの足元にも及ばないさ、エリザベス。今夜は一段ときれいだ」

「からかわないでよ、ジョン！」

「からかうなんてとんでもない！　ぼくをよく見て。嘘をついてるような顔をしてるかい？　口には出せないぼくの気持ちが、この目を見てわからないのかい？」

「ああ、ジョンったら！」

ひとしきりおしゃべりに花が咲いていたとき、いきなり雷が襲ってきた。

びっくりしてアリスが飛びあがった。

「雲ゆきが怪しいと思ってたけど。今日はとても暑かったし。嫌だわ！ わたし、雷は苦手なのよ」

二度目の稲妻が光ったかと思うと、雷鳴がそれに続く。

アリスが震え始めたので、夫は急いで駆け寄った。

「大丈夫かい？ 気分が悪いなら、横におなり。かまいませんか、ホワイトさん？」

「どうぞ、お気になさらずに。どんなお具合で？ これでも、もともと医者ですから。よろしかったら、看てみましょうか、奥さん……」

アリスは返事をしなかった。目がすっかり据わってしまい、手足ががたがたと震えている。夫は彼女を長椅子に寝かせた。アリスの息はどんどんと荒くなってゆき、絹地の胸元が張り裂けそうなくらいだった。

雷は勢いを増し、雨も降り始めた。荒地に面したフランス窓から見える空には、いく筋もの稲妻が次々と走り、昼間と見まがうばかりだった。まるでこの世の終わりのような轟音のなかに繰り広げられる恐ろしい光景には、荒々しい美しさがあった。

もはや誰ひとり言葉を発しなかった。たしかに恐ろしいほどの雷雨だ。けれどもアリスの様子は、それ以上に心配だった。ぐったりとして、意識もなくなっている。

「大丈夫」と夫のパトリックが言った。「妻には……霊能力がありまして。どうやら交霊が始まりそうなんです。明りを暗くしたほうがいいでしょう……」

「シャンデリアを消してこよう」とヘンリーが言った。その声は驚きと不安で震えていた。

「代わりに窓辺のスタンドをつけるんだ」

「いや、だめです」とパトリックが言う。「それだと、妻の目に光が入ってしまう。奥の書棚の脇にあるフロアスタンドのほうがいい」

ヘンリーは言われたとおりにした。薄暗がりに沈んだ部屋のなかで、みんなは長椅子をぐるりと取り囲んだ。アリスの胸がわずかに持ちあがり、ぜいぜいという声が聞こえる。

そして瞼がかすかに開いた。

静かにしているようパトリックが身ぶりで示した。

みんな息を飲んだ。

霊媒の唇が動き、奇妙な言葉が漏れてきた。

「霧の国……見えるのは、ただ影と霧ばかり……見せかけだけの国だ。何も存在しないのだから……ここに住む者たちに、命という言葉はない。時に囚われた影たちには……」

声は消え入りそうだった。

「おまえ」と夫が優しい声で話しかける。「ほかに何か見えないかい?」

少しして、つぶやく声がした。

「そう、霧はぼやけ、影たちは遠ざかっていく。何もかも、ぼんやりとして……いえ……二つの影だけが、別になった……ふたりの女……いっぽうが何か言っている……もうひとりを、引きとめようとしてるようだ……はっきりと見える……女の体は傷だらけで……手首が……震える人差し指を突き出している。誰かを告発するように……わたしに示そうとしている……いえ、見えない……女の顔は恐ろしくて……」

「エレノアだ」とヴィクターがささやいた。「妻のエレノアだ。妻はわたしたちに何か言いたいんだ……」

真っ青な顔で、ヴィクターはアリスに近づいた。

「エレノアなんですよ、奥さん。間違いない。わたしも……わたしも交霊をしたことがあるんです。わたしたちに何か言いたいんだ。がんばってください。たのみます……」

アリスは目を閉じた。

「奥さん、たのみます……」

「無理強いしないほうがいい」とパトリックが言った。「危険なことになりかねません……」

突然、声がまた続いた。今度は、前よりもっとはっきりとした声が。

「女は消えてしまった……でも、もうひとりの女はまだいる。心を決めかねているようだ……どちらにむかったらいいのか、わからないらしい……話しかけたいのだ……いえ、そうじゃない……話しかけて欲しい人が、ひとりいる……決まった人が、ひとり……いま、この部屋にいる人……背が高く、がっちりとした体をし、彼女と半生を共に歩んできた人茫然としているアーサーに、皆の視線が釘づけになった。

「……彼女は……その人と……ふたりきりで話したがっている……」

皆じっと黙っている。

「あなたのことですよ、ホワイトさん」パトリックが妻をもの思わしげに見つめながら言った。「あなたと話したがっている女性は……奥さんでしょう」

目も眩むような稲妻が居間を照らし、アーサーの顔に浮かぶ懐疑の表情を浮かびあがらせた。雷鳴が終わるのを待って、パトリックは言葉を続けた。

「ホワイトさん、ぬか喜びさせたら申しわけないのですが、うまくすれば奥さんと……つまり、前にも試したことがあって……思うに、今日妻は特に鋭敏になっているようなんです」

ヴィクターは両手で友人の腕を取った。

「アーサー、試してみなければ！」

わかったというようにアーサーは瞼を閉じた。

「交霊はめったに成功しません」そう言うと、パトリック・ラティマーはポケットからハンカチを取り出し、額をぬぐった。「妻もうまくいったのは一度だけです。もう何年も前、結婚したばかりのことでした。

……」

ホワイトさん、奥さんに何か質問をしてください。奥さんだけが答えられるような質問を。口で言うのではなく、紙に書くのです。みんなの見ていないところで。それを封筒に入れ、口を糊づけしてうえからサインをします。あるいは、蠟で封印してもかまいません。妻はしばらく封筒に手をあてます。そうすると……あとは見てもらったほうがいいでしょう。繰り返しますが、うまくいく機会はめったにありません。だから、すぐに決心してください。妻が目を覚ましてしまいます」

アーサーはいきなり立ちあがり、部屋から出ていった。

パトリックが手をあげる。

「皆さん、お静かに。少しでも不用意なことを言うと、大変な結果を招きかねません」

アーサーが席をはずしていたのは、ほんの十分ほどだった。けれどもそれがとても長く感じられた。

「書きましたよ」と言って、アーサーはパトリックに封筒を手渡した。

パトリックはそれを皆に示した。裏側の、折り返し蓋の先端が蠟で封印され、さらにその両側にも、うえからサインがあった。

ヘンリーがぼくの耳もとでささやく。

「親父は古いコインを集めていてね。なかの一枚を封印に使ったんだ」

パトリックは妻のうえに身を乗り出すと、封筒をつかませた。

「さあ、手のなかにメッセージがある……そこにいる女に宛てたメッセージが……」

アリスの手が封筒を握り、それからまた放した。夫は封筒を取ると、ティーテーブルのうえに置く。

「あとは」と言ってパトリックは窓辺に近寄り、空を指さした。「あとは嵐が終わるのを待つだけで……」

その言葉が終わらぬうちに、目も眩むような激しい稲妻が光った。続いてばりばりっという轟音が響き、皆その場に立ちすくんだ。居間は真っ暗闇に沈んだ。

「ヘンリー」とアーサーが強い調子で言った。「きっとヒューズが飛んだんだ。見てきなさい！」

「すぐ行くよ、父さん」

「誰も動かないで」と家の主人が続ける。「いいですか、ラティマー夫人は普通の状態じゃないんです。ちょっとしたショックでも危険な状態に陥らないとも限らない」

数分後にフロアスタンドがついて、そのあとすぐヘンリーが戻ってきた。みんな自分のいた場所から動いていない。

「ヒューズが飛んだだけです」とヘンリーは言った。「アリスは……いえ、ラティマー夫人は何か話しましたか？」

「いいや」とパトリック・ラティマーが答えた。ごそごそと靴のあたりを気にしている。

「いえ、何でもありません……もう少し様子を見ましょう！」

ヴィクターはティーテーブルのうえにある封筒を放心したようにじっと見つめている。

それからふり返ってこう言った。

「アーサー、まだ可能性はあるんだ。希望を捨ててはいけない。どうも予感がするんだよ……」

遠くの空で稲妻が光り、また闇が部屋を包んだ。

皆じっと黙っている。

ヘンリーは最初に口を開いた。

「ぼくが見てくるよ、父さん。目を閉じてたって、場所はわかるから」

「また停電があるかもしれないから、ついでに蠟燭も持ってきてくれ、ヘンリー。いや、廊下にある燭台のほうがいい。この騒ぎでラティマー夫人に何かあったら心配だ。どう思います？」

パトリック・ラティマーは咳払いをすると、こう言った。

「たしかに、その可能性はありますね！　暗闇のほうが交霊に集中しやすいのですが、停電でまわりが浮き足立つのは、ともかく好ましくありません。ごほ！　ごほ！」彼は大きく咳払いをした。「まあ、あまり期待はしないほうがいい。交霊はめったに成功しませんから……でも妻は今晩、特に敏感になっていました。停電さえなければ……」

「ラティマーさん、わたしは霊を信じてないが、実を言うと少しは期待していたのですよ。でもよく考えてみれば、あの世と交信するなどできるわけありません！　わたしは、一度も……」

「アーサー」とヴィクターがきっぱりした口調でさえぎった。「何もわかっていないんだ、きみは……」

明りがまたついた。

アリスはまだ長椅子に横たわったまま眠っている。どんなことがあっても目覚めそうもないほど深い眠りだった。

「すみません、ホワイトさん。もう可能性はなさそうです」とパトリックが残念そうに言った。「妻を起こすことにしましょう」

彼はアリスに近寄ると、何ごとか小声でささやきながらその額を優しく撫でた。

「わたしとしたことが……」とアーサーが悲しげに首をふりながら言う。雷雨はもう遠ざかっていた……

ヘンリーが火を灯した燭台を掲げて部屋に入ってきた。

「さあ、これでもう大丈夫……でも……ああ！　アリスが……」

皆がふりむくと、アリスは昏睡状態から抜け出ていた。乱れた髪を手で押さえると、彼女は驚いたような声で言った。

「あらまあ！　ここはどこ？　どうしたのかしら、わたし……パトリック！」

夫が彼女の手を取る。

「大丈夫、もう終わったんだ。おまえは発作を起こして……」

「ああ！　どうしましょう！」アリスは両手で顔を覆った。「せっかくの集まりを台無しにしちゃったわ……パトリック、どうして起こしてくれなかったの？　本当に申しわけありません、ホワイトさん。わたし……」

「いえ、お気にするほどのことではありませんよ、奥さん。そんなにあやまらないでください」

「まるでおぼえていないのかい、おまえ？」パトリックが妻を助け起こしながらたずねる。

「わたし、何か言ったの？」アリスは目を丸くした。

「よくわからないことをね。ともかく、少し休んだほうがいい。ホワイトさん、すみませんが……ほら、気をつけて……」

窓辺に近づいたアリスは、よろけて肘掛け椅子の脇につかまった。あわてて駆けよった夫の勢いが余って二人とも肘掛け椅子に倒れ込み、その拍子に窓に置いた観葉植物とスタンドが床に叩きつけられた。

ラティマー夫妻がさかんに謝っているあいだも、皆それぞれいる場所から動かなかった。

パトリックはどうしても弁償すると言ってきかないし、アーサーは頑として受け入れない。

次回はホワイト家がラティマー夫妻のところに呼ばれるということで、ようやく話がまとまった。

アリスが例の封筒に不審げな視線を投げかけたとき、誰もが一瞬はっとした。封筒はまだ同じ場所、ティーテーブルの真ん中にある。みんなそれをすっかり忘れていた。アーサーはそっと封筒をつかむと、上着の内ポケットに滑り込ませた。

そんなアーサーのふるまいに気づいたアリスは、ぼんやりと宙を見つめながら虚ろな声で言った。

「ええ、ヘンリーはきちんとまっとうな人になるわ」

何秒もかけて、この言葉はゆっくりと虚空を落ちていった。みんなあっけにとられている。ぐらぐらと体を震わせ始めたアリスのもとに、パトリックが急いで駆けよった。アリスは夫に寄り添い、うわずった声で言った。

「わたしったら、どうしたのかしら。おかしなこと言ったりして……」

それまでずっと控えめにしていたジョンとエリザベスがいきなりアーサーに飛びかかり、すんでのところで体をささえた。アーサーは気を失っていた。

肘掛け椅子にすわらせ、頰を叩いてみる。ヘンリーがコニャックのグラスを口に運ぶと、アーサーは意識を取り戻した。

「父さん、どうしたんです？ シャンペンの飲みすぎでは……」

アーサーは首を横にふると、ぐいっとヘンリーを押しのけた。色を失った顔に、小さな汗の粒が光っている。アーサーは黙って上着の内ポケットに手を入れ、封筒を取り出して四方八方から調べた。それからヘンリーを手招きし、確認するように言った。

「アーサー」とヴィクターが震え声で言った。「もしかして……」

「封は開けられていません」とヘンリーがさえぎった。「確かですよ、父さん」

アーサーは書斎に行って引出しを漁ると、ペーパーナイフを手に戻ってきた。みなが固唾を飲んで見守るなか、彼はペーパーナイフの刃を差し込み、封を切った。そして二つに折った紙を取り出すと、広げて見せた。そこにはひとこと、こう書かれていた。「いつかヘンリーにも分別がつくだろうか？」と。

V　死者の出現

今は十月の終わり。ホワイト夫人の霊があらわれた不思議な晩から、一ヵ月がたっている。

もちろんぼくは、ラティマー夫妻のトリックではないかと考えてみた。そもそも交霊だなんて信じがたい出来事を、ほかに説明のしようがあるだろうか？　ともかく、事実関係を検証してみよう。アーサーは皆の見ていないところで紙にこう書いた。「いつかヘンリーにも分別がつくだろうか？」それから紙を封筒に入れ、念入りに封印をした。二度の停電時を除いて、封筒はずっとわれわれの見えるところにあった。つまりティーテーブルのうえに。そのあと……ありえないことが起こった。ホワイト夫人が夫に「ええ、ヘンリーはきちんとまっとうな人になるわ」と答えたのだ。いや、答えたのはアリスだ。実際に口を開き、あの世からのメッセージを伝えたのは……

封筒は何度も調べられた。封を剥がしたり破ったりした形跡はなかった。サインも封印も元のままだ。

もしかしてアリスは、アーサーの質問を予測したのかもしれない……あるいは、ただあてずっぽうで答えたのだろうか？　いや、そんなはずはない。答えが正確すぎる。だったら、どうして？

ぼくはこの出来事を、ヘンリーの悪夢と結びつけてみた。母親が亡くなったまさにそのとき、彼は不可解な悲しみに襲われて目を覚ましたのだ。うわごとで言った言葉の一件もある……すべて理解しがたいことばかりだ。それに二、三週間前から、ダーンリーの屋敷についてまたもや奇怪な噂が村に広まっていた。呪われた部屋から漏れてくる光を見た者がいる。ラティマー夫妻は足音に悩まされて眠れない。そんな噂だ。

さいわいぼくは今、ほかのことで頭がいっぱいだ。オックスフォードの一年生で、文学士の免状取得を目指している。ヘンリーは去年落第しているので、中等の最終学年にいた。でも講義をずいぶんとさぼっていたから、悪いのは本人だ！　しかもヘンリーは、今年も去年の二の舞を踏もうとしている。案の定、このところ親子関係もうまくいっていないようだ。母親が亡くなったから？　もちろんヘンリーにとってはショックだった。エリザベスのこと？　それは関係ないだろう。どうやら、すっかり熱が冷めてしまったらしい。問題は別にある。

父親とはほとんど毎日のように言い争いをしているが、その原因は誰にもわからなかった。

ぼくには何か打ち明けているだろうと、両親はあれこれ訊ねてくる。あんまり大声で言い争うものだから、わが家からも聞こえてしまうのだ。ぼくも相談に乗ろうとヘンリーに持ちかけるのだが、いつもうまくはぐらかされてしまった。

ところが、ときには異様なほど陽気になることもあった。いつもとは打って変わって、やけに嬉しそうにしている。というのも、このところたいてい不機嫌で、いらついているから。悩み事があって、苦しんでいるのだろうか？　でも、どんな悩み事が？

ぼくの考察はそこで行き詰まってしまった。目のほうは、赤線であちこち直されているフランス語のレポートに釘づけのままだ。ぼくはややこしいフランス語文法を呪いながら、レポート用紙をぷいっと押しのけた。

ふと腕時計に目をやると、夜の八時だった。土曜の晩だ。ぼくが店に姿を見せないと、フレッドはがっかりするだろう。よし、ヘンリーを誘っていこう。

ホワイト家の屋敷の端まで来ると、怒鳴り声が聞こえてきた。アーサーと息子のヘンリーが激しく口論をしている。どうしていいかわからずに、ぼくは立ちどまってじっとしていた。すると玄関のドアがばたんと開いて、アーサーが飛び出してきた。激昂したアーサーは、背後で力いっぱいドアを閉めた。

「こんばんは、ホワイトさん」ぼくは思いきって声をかけた。

「ああ、ジェイムズか」

アーサーの顔に、驚きととまどいの表情が浮かぶ。

「こんばんは、ジェイムズ」と枯れた声で言い添えると、アーサーは急ぎ足でダーンリーの屋敷へとむかった。

ぼくはそれを目で追いながら思っていた。ここ一カ月というもの、アーサーは毎晩のようにヴィクターの家を訪れている……なぜか急に親しくなったらしい。それまで二人のつき合いは、よき隣人という程度にすぎなかった。同じ不幸に見舞われた二人が、仲良くなるのも当然とはいえ、ぼくにはやはり奇妙に思われた。ジョンとも話してみなければ。

ヘンリーの部屋には明りがついている。ぼくは屋敷沿いの小道を進んで、そっとなかを覗いた。難しい顔でうなだれたヘンリーが、両手をうしろに組んで部屋を歩きまわっている。突然、彼は立ちどまった。暗い心に何ごとか閃いたのだ。額に刻まれていた皺が消えている。ヘンリーは机の引出しを開け、なかから二つのゴムボールを取り出した。ひとつはドアのノブにそっと載せ、もうひとつはポケットにしまう。

どうしようというのだろう？

ヘンリーは部屋の隅に行くと、ポケットからボールを取り出し、何度か宙に投げた。精神を集中させているのだろう。それから、力いっぱい床に叩きつける。ボールは壁から天井、また壁へと弾んで……もうひとつのボールに見事命中した。

ブラボー、すごいぞ！　ヘンリー！

ぼくは窓ガラスを叩いて合図を送ると、拍手をして見せた。ヘンリーは一瞬驚いた表情をしたが、すぐに顔をほころばせた。ぼくは腕時計を指さし、喉が渇いているという身ぶりをした。

フレッドはビールのジョッキを二つテーブルに置くと、気づかってジョークをひとつ披露してくれた。話し終わると、ぼくはおつき合いでぷっと吹き出したが――フレッドの笑い話はちっとも笑えないのだ――ヘンリーは曖昧に微笑んだだけだった。フレッドは自分で大笑いしながらカウンターに戻った。ぼくはわざとらしい笑いをやめて、ヘンリーの目をまっすぐに見つめた。

「ヘンリー、悩み事があるんじゃないか?」

彼は答えない。

「どうしてお父さんと言い争ってるんだ?」差し出がましいとは知りながら、ぼくは思わず声を荒らげた。

それでもヘンリーが黙っているので、ますます頭に血がのぼった。

「学校をさぼっているからか?」

「いや……まあ、そうだな……それもそうだが、一番の理由はほかにあるんだ。つまり」

ヘンリーの目が光った。「……金のことで……」

「金だって？　でも、きみのお父さんは……」

ヘンリーは片手で目を押さえ、もう一方の手をあげた。

「ジェイムズ」彼は悲痛な声をあげた。「話してもわかってもらえないだろうし、話す気もない。だからもう、これ以上訊かないでくれ……」

「エリザベスのことか？」

ヘンリーはテーブルのうえでぎゅっと拳を握った。どうやら痛いところを突かれたらしい。

「ぼくはふられたのさ」ヘンリーは怒りを抑えかねるように言った。「彼女があんなことをするなんて……」

ラティマー夫妻のために催されたあの集い以来、ヘンリーとエリザベスはわざと無視し合っている。一、二度ジョンがわが妹を夕食に誘い、このあたりで評判のレストランに行ったけれど、ヘンリーは少しも怒りを露わにしなかった。プライドが嫉妬に打ち勝ったのだ。

「彼女があんなことをするなんて……だってほら……」

「やあ、おそろいだね」と聞きなれた声がヘンリーの言葉をさえぎった。

「やあ、ジョン」とヘンリーがぐったりしたように言い、フレッドに合図した。

ジョンも元気がなさそうに椅子にすわり込む。

「ひどい一日だった」とヘンリーが爪を見つめながら言った。

「ひどい一日さ。いや、ひどい晩だった……昨晩のことだけど」そう言ってジョンは目をつぶり、いらだたしげに赤毛をかきあげた。

ぼくは眉をひそめて、話の続きを待った。

「誰にも聞いていないのかい？」ジョンは驚いたようにたずねる。

沈黙が続く。

「正直言って、さっぱりわけがわからなくなったよ……」と彼は続けた。

「はい、お待ちどう！」と言ってフレッドがビールを三つテーブルに置いた。ぼくらの顔を見て、フレッドの陽気な表情が凍りついた。それからため息をついて首を横にふると、さっさと退散した。

「たのむよ、ジョン」とぼくは哀願した。「ひとつ言っておきたいんだが」

「ああ……」

「ぼくたちに大事な話があるんなら、中断なしで一気にしゃべってくれないか……言いかけてやめたりしないで」

ジョンは何も聞こえていないかのように、両手で持ったジョッキをじっと見つめている。それから煙草を一本、箱から抜き取ると、ぼくらには勧めずに火をつけた。

「前にも話したよな、屋根裏部屋から聞こえるとかいう足音のことは」そうジョンは切り出した。「ぼくはまったく信じちゃいなかったけれど。ところが数日前から、物音を耳にするようになって……以前の間借り人たちも、うるさくてよく眠れないってこぼしていたのを思い出し、ぼくなりに考えてみたんだ。謎といっても単純なことだ。理由を考えつくのに大して時間はかからなかったさ。父さんが夜中に屋根裏部屋にあがっているんだろう。なぜかわからないけれど……たぶん母さんの霊と会いたくて……まあ、そのへんはどうでもいい。誰かが見たという奇妙な光のことも、これで説明がつく」

「実はぼくも前からそう思っていたんだ。でも、こちらから言い出すのははばかられてね！」

「でも、問題がひとつある。父さんが二つの場所に同時にいるわけないんだ！」

ぼくは背筋がぞくっとしたけれど、ヘンリーは顔色ひとつ変えず、無表情のままだった。

「夜の九時くらいだったかな」とジョンは、あいかわらず虚ろな目をして続けた。「ラティマー夫妻の居間でコーヒーを飲んでいたんだ。ちょうど屋根裏部屋の真下でね……」そこでジョンは、当惑げにヘンリーをふり返った。「お父さんから何も聞いていないのかい？」

「はっきりとはね」ヘンリーは困ったように答えた。「おかしな出来事があったという話は、今朝していたけれど……詳しく聞いてる暇がなくて」

ジョンは不審そうにヘンリーを見つめ、しばらく考え込んでからまた口を開いた。

「ともかく、ぼくたちはコーヒーを飲んでいたんだ。いたのはラティマー夫妻とホワイトさん、父さんとぼく……そしてちょうど足音の話をしていたときに、突然聞こえてきたんだ。誰かが頭上を歩いている！　ときどき立ちどまりながら、行ったり来たりしているんだ……こもった、ためらいがちの足音で、はっきりは聞こえなかったけれど、もはや疑いようもなかった。明らかに、何者かがうえの部屋を歩きまわっているんだ！　けれども父さんは、正真正銘隣にいる！　ぼくの推理は崩れ落ちてしまった。

恐怖の波が居間に押し寄せた。父さんは真っ青になって震えながら、椅子のうえで縮みあがっている。アリスは夫の腕のなかに逃げ込んだ。ホワイトさんの手からコーヒーカップが滑り落ち、足もとに砕け散った。それでもまだ、取っ手をつまんでいるままのかっこうをしていたよ。ぼくはまだ少しは落ちついていたので、すぐさま廊下に飛び出し、あまり足音をたてないようにして階段を駆けのぼった。ぼくらをおどかそうといたずらしている侵入者に、気づかれないようにね。

うえに着くとまだ足音は響いていたけれど……ほどなく聞こえなくなってしまった！　でも方向はわかっている。左側の屋根裏部屋からだ。

ちょっと位置関係を説明しておくと、階段をのぼりきったところにドアが二つあるんだ。右側のドアは屋根裏の物置に面していて、左側のドアは屋根裏部屋に通じている。左側のドアを開けるとまずは廊下があって、つきあたりの壁にはうえから下までカーテンがかかっているんだ。急場しのぎに置いた本棚を隠すためにね。どうせ雑誌や年鑑や、古新聞がつまっているだけなんだけど。廊下には窓も何もない。右の壁に沿って、屋根裏部屋の扉が四つ並んでいるだけだ。扉は壁や天井と同じく、くすんだ古い柏の羽目板張りになっている。それにこの階には照明もないので、ほとんど真っ暗なんだ！

ひとりで廊下に入るような危険は冒さず、ぼくはドアに耳をあてたままみんなを待っていた。それぞれ懐中電灯を手に、ホワイトさんは廊下を見張り、パトリックと父さんはドアのうしろに控え、ぼくとアリスで四つの屋根裏部屋を順に調べていった。調べるといったって難しいことじゃない。最初の部屋には古い家具がいくつかあるだけだったし、あとの三つはまったくからっぽなのだから……部屋には誰もいなかった……部屋にそれぞれひとつずつついている窓も、内側からしっかりと閉まっている……カーテンのうしろ？　もちろんまくってみたさ。古新聞の山以外、何もない。秘密の抜け道なんかあるはずないし。自分の家だからよく知っているさ。いちおうは調べてみたけれど、無駄骨だったね」

ジョンは大きなため息をつき、首を横にふった。

「もうわけがわからなくなったよ。さっぱりわけが……」

Ⅵ　襲　撃

ダーンリー家の屋敷に幽霊が出る！

村人の大多数はそう思っていた。この噂は首都にまで届いて、ロンドンのジャーナリストがひとり、調査に訪れたことさえある。夜になると、よくラティマー夫妻のもとを客が訪問するようになった。もちろんアーサーもそのひとりだが、ほかにもたいていは年配で裕福な人々が、超常現象に惹かれてやって来た。〝幽霊〟は二度続けてあらわれた。ヴィクターは妻が自分に会いにきたのだと信じ込んでいた。

こんな騒ぎにジョンは無関心だった。わが妹を口説き落とすことで、頭が一杯だったから。本人は打ち明けやしなかったが、エリザベスのほうでもジョンに誘われてまんざらでもなさそうだ。

ヘンリーについては、どう言ったらいいか……いっそういらつき、まるで追い詰められた獣のような、苦しげな目をしていた。いつもあんなに自信満々で、素直な好青年だった彼が。父親との関係もこじれきっていた。二人の口論はますます激しく、頻繁になり、ほくも心配でたまらなかった。あんまり大声で怒鳴り合うものだから、暴力沙汰にならないかと思って仲裁に入りかけた晩さえあった。

緊張は日に日に高まっていった。

エリザベスが部屋に入ってきたとき、ぼくはややこしい数学の問題を解いているところだった。

「お父さんが怒り狂ってるわ」と妹は大声で言った。「いっしょに一杯つき合ってあげたほうがいいわよ。そうすれば、少しは収まるから」

「また母さんの横槍が入ったのかい？」

「明日、スタジアムに行くつもりだったの。何やらサッカーのすごい試合があるとかで。なのにお母さんは、お友だちにお茶に呼ばれたからって……」

「だったら、自分で父さんの慰め役を引き受けたらいいじゃないか？」

「わたしが？」とエリザベスは真っ赤になって口ごもった。「でも、わたし……」

「ははあ、わかったぞ。隠さなくてもいいさ。ジョンが迎えに来るんで、おめかしに忙しいんだな。さあ、行った、行った！」

「兄さんったら、いじわるね！」そう言って妹はドアをバタンと閉めた。

せっかくひらめきかけていた数学の解法は、妹とともに雲散霧消してしまった。ぼくは部屋を出て、居間にいる父のところへ行った。

「おお、ジェイムズか！」ぼくが居間に入るなり、父は言った。

落ちつきは取り戻しかけていたものの、まだ手が震えている。

「十一月の最終土曜日だ。一杯やろうじゃないか。もちろん、お茶なんかじゃないぞ！」

「口実はどうでもいいんだろ」とぼくは少し皮肉を込めて言った。

「どうでもいいさ！　酒は百薬の……いや、酒は憂いの……」父は今の状況に合う言いまわしを捜したが、うまく見つからなかった。「まあ……ともかくだ」

父は目を輝かせてコニャックをグラスに注ぎ、ぼくらは乾杯をした。

「ふう……やれやれだ」そう言って父はため息をついた。それから肘掛け椅子にどっかとすわり、足を組んで天井を見あげると、もったいぶって続けた。「まったく、女に理屈は通じんからな。感情が先に立っちまって」

「父さん」とぼくは、わざと驚いたような顔をして言った。「もし母さんに聞かれたら……」

「だったら聞かせてやるさ！　あいつのことでもあるんだから！」と父はぷりぷりして言った。「まさしくあいつのことさ……」

そのときドアが開いて、母が姿を見せた。

父は肘掛け椅子のうえで凍りついた。

「エドワード」と母は横柄な口調で言った。「明日着てゆくパールグレーのスーツを用意しておきましたからね。気をつけてちょうだい。だって、あなたときたら……おやまあ、何てこと！　わが子をウイスキーで酔わせようっていうの！」

「いや、おまえ、これはコニャックだよ！　フランス産のコニャック！　酒のうちでも……」

その言葉が終わらぬうちに、ドアはばたんと閉まった。

父は意気消沈していたが、またすぐに話し始めた。

「つまりわたしが言いたいのは、女の考えることときたらまるで……いや、実際のところ、女は何も考えとらんのだ！　それが証拠に、大事と小事の区別もつかんじゃないか。例えばの話、明日はビリー・スピードの出場するサッカーの試合がある。わたしが思うに、イギリスいちの右ウイングだぞ、彼は。魔法のキック、抜群のダッシュだ！　すばらしいゲームになる……つまり、サッカーをまったく知らない者だって、見逃す手はないってことだ」

父はそこでひと息置いた。

「ところが母さんときたら、言うに事欠いてウィルソンの家でお茶の会だと！」父は両手を天にかざした。「どうだい、わかったろう！　ビリー・スピードがたった一キロ先で妙技を披露しているっていうのに！　信じられん！　まったくあいつには驚かされっぱなしだよ……おほん、おほん」父は咳払いをした。「まあ、問題はそこじゃない。わたしが言いたかったのは、おまえの母さん……いや女ってものは、実に愚かだということさ」

父はほかにもあれこれ例を挙げながら、天地開闢から今日にいたる女性の愚かさについて深遠な分析を加え、女性のいない世界を思い描くのだった。

別段父だって、本気で言っているわけではない。ただそれが父流の、怒りを静める方法なのだ。だからぼくも、いちいちうなずいて聞いていた。

夜中の十二時をまわるころになった。そろそろ部屋に戻るからとぼくは言った。

「数学の宿題があるんだよ、父さん……」

「いいだろう、思いたったが吉日だ」父は立ちあがって伸びをした。「わたしは外で酔いを醒ましてくるとしよう。このコニャックはすばらしいが、ちょっと頭がくらくらするんでね」

父はオーバーを羽織って帽子を被ると、煙草に火をつけて部屋を出た。

数学の宿題がまだ待っている。そう思いながら、ぼくはコニャックの最後のひとなめを味わった。グラスを手にしたまま暖炉の傍に行き、ゆれる炎を眺める。そして薪の燃える火とコニャックのほんのりとした温かみに身を任せた。

そのとき、誰かが居間に入ってくる音がした。

「ジェイムズ」と母の声が言う。「だめじゃないの……あら、お酒なんかつき合わせた張本人はどこかしら？」

「父さんなら、酔い醒ましに出てくるって……暑苦しくなったみたいで」

「酔い醒ましですって！　この寒さと霧のなかを？　もうすぐ十二月だっていうのに、亭主殿は真夜中に酔い醒ましとはね！」それから母は、声をやわらげ続けた。「ジェイムズ……」

「何、母さん？」

「父さんみたいにならないでおくれ……将来……結婚したあと……」

それじゃあ、父さんがかわいそうだ。母は世にも従順な男性と結婚したというのに、その性格が不満だなんて。

「ちょっとそれは言いすぎだと思うけど」

ドアの開く音がした。

「ああ、エリザベスだわ！　でも、変ねえ。ジョンの車が止まる音は聞こえなかったけど……」

父が居間に駆け込んできた。真っ青な顔をし、オーバーも両手も泥だらけだ。

「エドワード！」と母が叫び声をあげる。「手から血が出てるじゃない！　転んだのね！　かわいそうに、どうして……」

「アーサーが死んだかもしれない」と父がさえぎった。「はっきりはわからんが……ともかく、急いで医者を呼ぶんだ！」

Ⅶ　分身？

アーサーが襲われたのと同時に、なぜかヘンリーも姿を消してしまった。二人が激しく口論していたあとだけに、ヘンリーが父親に手をあげたのではないかと憶測された。激昂のあまり、力加減がきかなかったのだろう。父親を殺してしまった、そう思って恐くなり、逃げ出したのだと。

幸いその晩、ぼくの父が散歩に出た。ホワイト家とダーンリー家のあいだから、森へ続く小道の途中で、たまたま友人の体につまづいたのだ。通りの隅にある街灯の光はほとんど届かないので、見た目には気づかなかったはずである。

襲撃犯はアーサーを殺そうとしたのだろう。その点は疑いない。アーサーが頭に負った傷――頭蓋骨陥没が二ヵ所――がそれを証明している。当然のことながら警察の捜査が始まったけれども、大した収穫はなかった。凶器と思われる錆びた鉄のバールが被害者の近くから発見されたことと、ヘンリーの失踪が確認されたことくらいだ。

一週間が過ぎ、どうやらアーサーは一命を取り留めたようだった。警察では一刻も早く彼の証言が欲しいところだったが、まだ話をできる状態になかった。そしてヘンリーはあいかわらず見つからなかった。そうこうしていたある日のこと……

ぼくの心は決まっていた。警察に電話しよう。数時間前に見たことは、どんな結果になろうとも知らせておかねばならない。担当の刑事から、何かあったら電話するようにと番号を聞いていた。

その番号にダイヤルし、ぼくは待った。

「ドルー警部をお願いします」とぼくはしっかりした声で言った。

「どなたですか?」

「ジェイムズ・スティーヴンズといいます。ホワイトさんの隣に住む者で、重大な証言がありまして……」

「重大な証言ですって! みんな、いっせいですな! ドルー警部ならお隣のラティマー夫妻のところですよ。あの人たちも重大な証言があるとかで……まだあちらにいるはずですが」

五分後、ぼくはダーンリー家の戸口に着いた。

「ジェイムズ」とジョンがぼくをなかに通しながら言った。「ヘンリーが目撃されたそうだ! 刑事が来ているよ。うえの、ラティマーさんの居間だ」

ジョンについて三階まで行くあいだ、ぼくはひとことも話さなかった。パトリックとドルー警部は議論の真っ最中で、ぼくらが来たのも目に入っていない様子だった。肘掛け椅子に腰かけたヴィクターが、ぼくに目礼をした。アリスがすぐ近づいて来た。

「こんばんは、ジェイムズ。ねえ、知っているでしょ？　ジョンがもう話したわよね！　さあ、こっちへ来て」

アリスの前に出るといつも、喉が締めつけられるような気分になる。彼女の隠された色気を感じ取っているのは、ぼくひとりではあるまい。本人は意識していないようだが、身のこなしや少し鼻にかかった甘い声、熱っぽいと同時に冷たい眼差しから、いやでも色気がにじみ出てくる。

アリスはぼくの腕を取って、夫の隣にすわらせた。彼女が口を開くと、二人の男はすぐに黙った。

「警部さん、こちらジェイムズ・スティーヴンズさん。ヘンリーのお友だちです」

「こんばんは。でも、捜査のときにもうお会いしてますよ、奥さん……」

「あら、そうでしたわね！」とアリスは笑いながら言った。「わたしったら、どうかしてるわ」

「もう一杯コーヒーをいれてくれないか、アリス。きみもどうだい？」とパトリックがたずねる。

パトリックは人あたりがいいのだが、ぼくは何となく打ち解けられなかった。濃いブルーの眼に鮮やかな金髪。外見、物腰、着こなし、話し方すべてが完璧すぎるのだ。でも、考えてみれば保険のセールスマンなのだから、仕事上身なりはきちんとしていなくてはならない。要するにぼくの本心は、あんな美人の奥さんがいるのが、ちょっぴり妬ましかったのだろう。

「ラティマーさん」と警部が言った。「もう一度お話を整理してみましょう。今朝あなたは奥さんを連れて、ロンドンへ買い物に行かれた。昼の十二時ごろ、奥さんをロンドンのパディントン駅まで送っていき、あなたは顧客と会ってあとから帰るおつもりだった。駅のホームにいたのは、ちょうど十二時半……そのとき、彼を見かけたわけですね」

「そのとおりです」とパトリックは重々しい口調で答えた。「追い詰められたような目をして、とてもいらだっている様子でした。目立たぬように気をつかって……でも、たしかに彼です。間違いありません」

「誰の話をしているんですか？」ぼくはおずおずとたずねた。

「あなたのご友人ですよ。一週間前から姿をくらましているヘンリー・ホワイトです」

「でも、そんなはずありません」とぼくは叫んだ。「ぼくも同じ時刻に彼と会っているのですから。オックスフォード駅で！　その話をしに来たんです！」

みんなあっけにとられていたが、ぼくは続けた。

「ちょうど十二時半でした。断言できます。彼は何日も髭をそっていないようで、ふらふらと歩いていました。苦しげな表情をしていましたが、ヘンリーに間違いありません。ぼくに気づくと、逃げ出そうとしました。それから立ちどまり、こっちにやって来てこう言いました。〝人間なんて残酷なものだ。ぼくは去ることにしたよ……〟って。そして本当に行ってしまいました」

ドルー警部は火をつけたばかりの煙草をもみ消すと、しばらくじっと黙っていた。それから皆の顔をひとりひとり見まわすと、こう言った。

「きっと、どちらかが見間違えたのでしょう……」

パトリックは考え込んでいるようだった。

「言葉を聞き違えることはときどきありますが、これでも目はたしかですよ！」

「ジェイムズ」とアリスも口を挟んだ。「きっとあなたの見間違いよ。ヘンリーは十二時半にロンドンにいたわ。恐怖で少し顔が歪んでいたけれど、たしかに彼だった。人違いなんてありえない！」

ぼくは首を横に振った。

「言い返すようで悪いけど、アリス、ぼくは子どものころからヘンリーを知っているんだ。その時間、オックスフォード駅に彼がいるのを、この目ではっきりと見たんです」

言い合いが長引いてきたところで、ドルー警部が無愛想に割って入った。

「話はわかりました！　まずあの青年は姿をくらまし、今度は二人もあらわれた。なのにどちらも今ここにはいない！　まあ、そのほうがやつにとっては幸いですがね。父親に対する殺人未遂の罪で、告訴が決まったころでしょうから！」

そのとき突然、電話のベルが鳴り響いた。アリスが受話器をとる。

「警部さんにですよ」

「このうえ、何だっていうんだ！」と警部は受話器を受け取りながらわめいた。

五分ほどして、ドルー警部はがっかりした様子で受話器を置いた。ほとんど聞くいっぽうの電話だった。

「ホワイトさんが話せるようになったので、署の者が事情聴取したのだが」

そう言って彼は煙草をくわえ、火をつけずに続けた。

「事件はややこしくなってきましたよ。ともかく、ホワイトさんの供述はこうです。夜中の零時十五分前ごろ、夜の散歩に出かけたのですが、玄関前の階段を降りかけたとき、森へむかう人影が見えたそうなのです。まあそこまでは、特に奇妙な点は何もありません。ただその人影は、死体らしきものを背中に担いでいたんです！　勇敢にもホワイトさんはあとをつけました……ところが人影は霧のなかに消えてしまい、そのあとのことはまったく憶えていないというのです……人影の正体も、人影が担いでいた死体や襲撃者の正体も、まったくわからないそうで」

第二部

I　危険な交霊会

ヘンリーが行方不明になってから、もう三年になる。きっとアメリカにでも渡って、新しい人生を送っているのだろう。サーカスの軽業師として活躍している彼の姿が目に浮かぶようだ。それとも死んでしまったのだろうか？　アーサー・ホワイトの証言を聞いて、ドルー警部はそう推測した。〝人影〟が担いでいた死体がヘンリーだったのだろうと。警察は森のなかを入念に調べたものの、手がかりは何もなかった。もちろん、警部の推理は理屈に合わない。父親が襲撃された一週間後、ヘンリーは同じ時刻に別々な場所で目撃されたではないか！　けれど、ヘンリーに分身の能力があったというなら、例えばぼくのほうだって、幽霊の存在を認めねばならないだろうが……

去年ジョンは独立して、村に自動車修理工場を開いた。開業には思い切りが必要だったけれど、同じ年にわが妹と結婚したこともあり、彼は人並みならぬ頑張りを見せた。

父親のヴィクター・ダーンリーは、あいかわらずラティマー夫妻を下宿させている。このところ夫妻は、ずいぶんと金まわりがいいらしい。アリスの霊媒師としての評判は、今や近隣の州にまで及んでいる。きっとそのせいでもうけがあるのだろう。アーサーはといえば、妻を亡くし、息子が行方不明になった悲しみを克服したようだ。昼間は一日中、執筆に没頭し、夜になるとヴィクターとラティマー夫妻のところへ行っている。現在書いている作品は、小説のかたちで心霊術を扱っているらしい。アーサーはそれに『霧の国』という題名をつけるつもりだという。ぼくの感覚からすると、あまり洗練されたタイトルとは思えない。『霧たつ土地』とでもしたほうがいいのではないか。ぼくがそう言うと、アーサーは考えてみると答えたけれど。

こんなふうにして村には平穏が戻り、三年前に起こった奇怪な出来事も忘れ去られようとしていた。

けれどもあの出来事は、本当に奇怪だと言えるのだろうか？　すべてきちんと説明がつくのだから。まずダーンリー夫人の死から考えてみよう。女性が突然の狂気に駆られることは、稀な事例とはいえ、皆が思っているほど少ないわけではない。嘘だと思うなら、新聞を読んでみればいい。屋根裏部屋の足音はどうかって？　おそらく浮浪者が入り込んで、住まい代わりにしていたのだろう。何者かが屋根裏部屋を歩く音がしたけれど、そこには誰もいなかった、とジョンは言っていた。なるほど！　それなら落ちついて考えてみよう！　ジョンは足音の聞こえた位置を取り違え、浮浪者は隣の屋根裏の物置のほうにいたのだ。ともかく、そちらは調べてみなかったのだし。オックスフォードとロンドンで、同時に目撃されたヘンリーについては、時刻か人物を間違えたのだろう。そんなはずないと言い張る理由もない！

あと残っているのは何だろう。死んだホワイト夫人が、夫の質問に答えたこと？　わかりきっているのに、どうして目をそらすんだ。つまり、アリスとアーサー・ホワイトはぐるだったんだ。どんな目的で？　たぶん宣伝のためだろう……アーサーは作家で、アリスは霊媒師だ。その点を忘れてはいけない。

ところが、このあと起きた出来事については、まったく説明がつかなかった。

「頼みがあるんだがね、ジェイムズ。いやなに、大して難しいことじゃない。ちょっと立ち会ってもらえればいいんだ。信頼に値する証人が必要なんだよ。心身ともに健全な若者が――」

数時間前、アーサーが家に来て欲しいと言ってきた。電話では詳しい話ができないそうなのだ。そんなわけでぼくは、一九五一年十一月の午後、アーサーと二人で居間にいた。

アーサーはパイプをくわえ、もの思わしげに部屋を歩きまわっている。

「光栄ですね」とぼくは咳払いをして言った。「でもそういうご希望なら、ジョンのほうが適任なのでは……」

「ジョンにも加わって欲しいとヴィクターから頼んでもらったんだがね。でも仕事が詰まっているそうなんだ。だから今夜は五人、きみとヴィクター、ラティマー夫妻、それにわたしだ」

「ホワイトさん、どういうことかざっと説明してくれませんか。ぼくにも心の準備がありますから……」

アーサーはフランス窓の前で立ちどまると、霧のたなびく荒地をじっと眺め始めた。骸骨のような裸の木が、霧の合い間から垣間見えた。

しばらくして、ようやく彼は答えた。

「昨晩のことだが、アリスが発作を起こしてね……昏睡状態に陥ったのだが、いつもとは違って、それがほとんど一晩中続いたんだ。そして何ごとかしゃべっていた。残念ながら、パトリックはすべて聞き取れたわけではないが、どうやら霊が姿をあらわすらしいんだ……呪われた部屋にね」

アーサーはそこで言葉を切ると、パイプに葉を詰め火をつけた。それからうつむきかげんになってパイプをふかしながら、また話し始めた。

「そういう現象はごく稀なのだが、特別なことではないし、普通は危険も伴わない。普通はとわざわざ言ったのは、今回の場合、状況は異なっているからなんだ。ヴィクターの屋敷には、恨みに満ちた霊が取りついている。交霊のときに、アリスはよく全身傷だらけの女を見ているんだ。その女は手首の血管から血を流している。屋根裏部屋で見つかったダーンリー夫人のように、と言ったほうがいいかな。

でも、それだけじゃない。その女は怒り狂っている。憎しみに満ちたその目は復讐に燃え、非難をこめた人差し指は見えない敵にむかって突き出されている……」アーサーは目を閉じて精神を集中させると、さらにつけ加えた。「復讐を求める霊が、あそこに取りついている。裁きを終えるまでは、決して安息を得ることはないだろう。あの不思議な足音は、ほかに説明のしようがない」

アーサーはあたりをそっと見まわすと、こちらに近寄り声をひそめて言った。

「ジェイムズ、ここだけの話にして欲しいのだが」

ぼくはうなずいた。

「ダーンリー夫人は自殺ではない。そうパトリックは推測している」

そのあとに続く言葉を思って、ぼくはぞくりとした。

「彼が言うには、ダーンリー夫人は殺されたんだ」

「そんなはずありませんよ！」

「そうかもしれん。けれども、差し錠を外から巧みに閉められるような殺人犯がいたとしたら？　ダーンリー夫人の死は、他殺とおぼしきことばかりだ。ただ内側から閉められた差し錠が、その推測を覆している！　内側から閉められた差し錠か！　もし誰かが巧妙に……」

「でも、どうやって？　不可能ですよ！」

「はっきりはわからんが、前にこの問題を扱った小説を読んだことがある。そこではこう説明していたよ。犯人は鍵穴から二重にした糸を通し、輪になった先端を差し錠の取っ手にひっかける。うまいのはそこからで、ドアの縁枠に針を刺し、それを滑車代わりに使うというんだ。二重にした糸を引けば、差し錠が閉まる。それから一方の糸の端を放し、もう一方の端を引っ張れば糸は抜き取れる。もちろん針の先にも、もう一本糸を結びつけておき……軽くひと引きすれば、トリック完成！　痕跡は何も残らない。ドアの縁枠に針を刺したあとの、ささいな穴を除いてはね！」

「すばらしいですね」とぼくは感嘆の声をあげた。

「ああ、とてもすばらしい。けれどもわたしは、別のトリックも考えてみたんだ。実行はもっと難しいけれど、不可能ではないと思うよ。ドアを閉める直前に、硬質のゴムボールを投げつけるんだ。ボールは壁に弾んだあと最後は差し錠に命中して、受け穴に押し入れるというわけだ」

この推理を聞いて、ぼくは恐怖に凍りついた。

アーサーは皮肉な笑いを浮かべている。

「ヘンリーのことだと思っているね？　いや、安心したまえ。あいつは虫一匹殺せない人間だ。それに当時はまだ、たった十歳じゃないか」

ヘンリーが失踪してから三年になる。その間、何の知らせもなかったけれど、アーサーは息子が生きていると堅く信じていた。ヘンリーの話題はできるだけ避けているようだったが、話せばいつも、まるでまだ同じ屋根の下で暮らしているかのような口ぶりだった。

「まあたしかに」とアーサーは続けた。「こんなトリックの可能性を思いついたのは、あいつの曲芸を見たからだけれどね。だからヘンリーがボールで遊んでいるところを偶然目にした誰かが、練習を重ねた末に百発百中の技を身につけたとも限らないじゃないか」

そこで沈黙が訪れた。

そういえばある晩ぼくも、ヘンリーが同じような芸を見事やってのけたところを目撃したことがある。さもなければ、こんな突飛な説は言下にはねのけていただろう……

考え込んでいるぼくにかまわず、アーサーはまた話を続けた。

「わたしが言いたかったのは、パトリックの推測にも一理あるってことなんだ。むしろ可能性は大だと思うね。そう、ダーンリー夫人は殺されたんだ。悪魔のような殺人者による、恐ろしい犯罪さ。だがその罪も、いつかはきっと裁かれる。償いのときが訪れたんだ。猛禽のように復讐が翼を広げ、犯人に襲いかかろうとしている。その鋭い爪は犯人につかみかかり……」

不安をかきたてるこの禍々しい抒情詩に、ぼくは魅せられたように聞き入っていた。アーサーは常軌を逸した言葉の余韻をしばらく漂わせたあと、ぼくの目をじっと見つめ、重々しい説得的な口調で言った。

「だからこそ、霊があらわれるのを恐れているんだ。復讐に駆られるあまり、霊が相手かまわず襲いかかってくるのではないかとね……」それから彼は、力強い声で言い添えた。

「だったら、われわれの方で先手を打たねばならん！」

「先手を打つですって？」

「そうとも。今夜われわれは霊を挑発し、姿をあらわすようにしむけるんだ。霊と話し、怒りを静め……同時にダーンリー夫人を殺した犯人を聞きだすためにね」

「実験はどこで行うつもりなんですか？」

その質問に答えるとき、アーサーの目に一瞬恐怖が走った。

「犯罪現場でだよ。屋根裏の一番奥の部屋さ」

狂ってる！　みんな、頭がどうかしたんだ！　ぼくはあっけにとられて、じっと黙りこくっていた。それから、できるだけさりげない口調でたずねた。

「霊があらわれるというなら、どんな形でなのでしょうね？」

「人間の姿でだよ。今夜、ダーンリー夫人に再会できるのだ。おそらく、きっと！」

「霊が復讐をあきらめたとしても、名指しされた犯人は死体になっているかも！」とぼくは冗談めかして言った。

アーサーは顔を曇らせた。

「この実験がとても危険だということは、重々わかっている」

「それで、どういう手順で行うのですか？」

「われわれのうちのひとりが、呪われた部屋に入るんだ。もちろん、部屋は封印して。そして三十分ごとにわたしがドアをノックして、無事かどうかをたしかめる。封印をはがすときには、信用のおける証人が必要だ。何らかの形で霊があらわれたとしても、あとからインチキだと言われかねないからね」

「それで、誰が？」とぼくは口ごもってたずねた。

「誰が、というと？」

「誰が呪われた部屋に入るんですか？」

「最初はヴィクターがいいだろうと思ったが、彼は心臓が弱っているのでね。不安を抑えてアリスが志願したのだが、パトリックがどうしてもうんと言わなくて。そこでパトリックに入ってもらうことになった」

「正直なところ、どう考えていいのか……」とぼくは首をふりながら言った。

アーサーはしばらくじっとぼくを見つめていたが、やがてこうたずねた。

「今夜、きみにも立ち会ってもらえるね？」

惨劇の予感がした。そんなことしたって、きっとろくな結果にならない。けれどもぼくは、しぶしぶうなずいてしまった。

II　呪われた部屋

ぼくは部屋のなかを行きつ戻りつしていた。神経が張りつめ、焦燥感に胃がきりきりと痛んで、玉の汗が浮かんだ。もう二十本目になろうかという煙草を震える手でもみ消すと、ポケットからハンカチを取り出し、額を拭った。

さあジェイムズ、素直に認めるんだ。怖気づいているんだな！　正面の戸棚のガラス扉に映る青ざめた顔が、何よりの証拠だ。ぼくは目をそらし、腕時計を見た。九時か。行かなくては！

ぼくは家を出ると、しっかりとした足取りでダーンリーの屋敷へとむかった。絡みつくように濃い霧がたちこめていて、一寸先も見えない。上端が威嚇するように尖った切り妻壁のせいで、屋敷はまるで敵意を抱いているかのようだ。気力を奮い起こそうと、ぼくは口笛で陽気なメロディを吹いてみた。もっとも効果のほどは、さして期待していなかったが。

さあ、着いた！　軋んで開きの悪い鉄柵の扉をぐいっと押すと……思わず身震いがして口笛が止まった。行け、ジェイムズ、がんばれ。勇気を出して進むんだ！　狭い通路を数メートル歩き、玄関前に張り出した階段をのぼる。賽《さい》は投げられた。

呼び鈴を鳴らして、しばし待つ。

ヴィクターが迎えてくれた。

「もうみんな揃っているよ」そう言ってヴィクターは熱っぽい手を差し出した。

「ジョンも来ていますか？」

「いや、あいつは仕事で忙しいとかでな。残念だが……」

哀れみを込めてヴィクターを見たぼくは、わが目を疑った。いつの間にかすっかり若返っている。ぴんと伸びた背筋、昔羽振りがよかったころのような、渋い高価そうなウールのスーツ。シャツとネクタイもそれによくマッチしている。銀の鬢髪と色艶のよくなった端正な顔、いつものように落ちついて厳しい表情のせいで、とても堂々として見えた。ただ輝くその目からは、彼の常軌を逸した期待があらわれていた。今、目の前にいるのは、長年離れ離れになっていた愛する女性との再会を期して夢心地の男なのだ。

動転したぼくは、思いきってたずねてみた。

「でも、あとから来るんでしょう？」

「いいや、夜中まで手が離せないそうだ。急ぎの客がいるんでね」

ぼくは答えなかった。たしかにジョンは仕事が立て込んでいる。けれども今まで土曜の晩は、何とかいつもあけていた。今夜のことは、裏にエリザベスがいるんだ。あいつが夫の外出を許さなかったに違いない。わが妹は、母の跡をしっかりと継いでいる。エリザベスとぼくとでは、少しも共通点はない。けれども結婚する少し前に妹がこう言ったとき、ぼくはもろ手をあげて賛成したものだ。「聞いてよ、兄さん。ジョンたらお義父さんと住みたいなんて言うのよ！　あんな気味の悪い屋敷に！　だからわたし、言ってやったわ。それくらいなら、あなたとの結婚を取り止めたほうがましだって」

考えてみれば、妹と意見が合ったのはあのときだけ、ほかには結婚相手の選択についてくらいだ。ジョンのような男と出会えたのは、エリザベスにとって幸運なことだった。二人の修理工場は大通り沿いにある。ちょうどフレッドの店の隣だったので、彼は親切にも居酒屋の二階を貸してくれた。ちっぽけな部屋が二つにバス、キッチンしかない人形の家だが、そこには捨てがたい利点があった。少なくとも幽霊が出たり、夜中に足音が聞こえたりはしない。

「さあ入って、ジェイムズ。皆のところへ行こう」

ぼくは深いため息を押し殺しながら、屋敷の主人のあとに従った。ジョンが引っ越してからというもの、屋敷はますます陰気になった。玄関の薄明りや、階段のうえから射すわずかな光は、ただ気を滅入らせるばかりだった。ヴィクターが階段をのぼり始める。できれば今すぐ引き返したい。そんな気持ちを抑えて、ぼくはあとを追った。

パトリックは暖炉の台に腕をもたせかけ、やさしく妻を押しやった。

「もう、あとには引けないね……」

「こんな実験をしようなんて、どうかしているわよ、あなた」そう言ってアリスは夫の腕につかまった。「危険すぎるわ」

「そんなことはないですよ」とヴィクターが異を唱える。「エレノアはいつでも優しかった。はっきり言って、わたしにはわかりかねるね。どうして恐れる必要があるのか……」

アリスは揺れる暖炉の火を不安そうな目でぼんやりと見つめていたが、やがてゆっくりと話し始めた。

「奥様の姿は何度も見ているんです、ヴィクター。だから断言できますけど、あの人の目には優しさなんてまったく読み取れませんでした。いつも濁って、燃えるような目をしていました……虹彩はなく、二本の黒い裂けめのようで……あの人は裁きを行い、殺そうとしているのです……自分に手をかけた卑劣な殺人者を、なき者にしてやりたいと思っているのです……、あそこで！」アリスは天井を指差し、悲しげな声で言った。「ああ、パトリック、彼女は誤って、あなたを殺人者だと思ってしまうかもしれない。そしてあなたを……」

アリスは最後まで言葉を続けられなかった。

パトリックは妻をじっと見つめると、両手をうしろにまわし、もの思わしげな様子で部屋の中央に歩み出た。

「ホワイトさん」とふり返るなり言った。「忘れずに持ってきたでしょうね……」

「もちろん」とアーサーは答え、上着の内ポケットからビロードの小さな袋を取り出した。そして袋を開け、なかにあったコインを皆に見せる。

「このコインは」と彼は誇らしげに続けた。いかにも宝物を愛でるコレクター然としている。「このコインは、またとない品と言っていいでしょう。ご指定どおり、こちらに来る直前に選んできたものです。同じコインはこのあたりどこを捜しても存在しないと保証できますよ」

「そのコインで、部屋を封印するつもりなんですね……」とぼくはたずねた。

「そのとおり」とパトリックが笑みを浮かべてうなずく。そして腕時計に目をやると、こう続けた。「九時二十五分だ。そろそろ始めましょうか。道具を運んでおくれ、おまえ」

アリスは夫の顔を記憶に刻み込もうとするかのように、しばらくじっと見つめていたが、テーブルに置いた燭台を摑むと、アーサーに手渡されたコインを持って部屋を出た。

パトリックが言葉を続ける。

「わたしが部屋に入ったら、三十分ごとにあがってきて、そっとドアを叩いてください。そうしたら、霊があらわれたかどうかを知らせます。そういえば、あそこは暖房がなかったですね！」彼は笑って言った。「三、四時間しても成果が得られなかったら、実験は中止にしましょう」

「ノックしても返事がなかったら？」そんなことになったらどうしようと思って、ぼくはたずねた。

「その場合は」とパトリックは皮肉っぽい表情で言った。「アリスの想像どおりってことでしょうかね……このしがない身に、霊が襲いかかったと……」

「そんなことありえんさ」とヴィクターはため息まじりに言った。もう待ちきれない様子だ。「エレノアは心の優しい女なんだ。相手が誰であれ、危害を加えたりはせんよ」

重苦しい沈黙が部屋を支配した。パトリックはいらだちを抑えかねたように、ぐるぐると部屋を歩き始めた。

「アリスは何をしてるんだ！　まったく！　もう五分以上になるじゃないか……」

そのときドアが開いて、真っ青な顔をしたアリスがあらわれた。

「さあ、みなさん、うえにあがってください」パトリックは金髪に手をやるとそう言った。

「わたしもあとからすぐに行きます。コートを取ってきたいので。部屋は寒そうですからね。アリス、コートはどこに置いたかい？」

「しっかりしてよ、あなた。自分で玄関のハンガーに掛けたじゃないの」

アリスはあいかわらず妙な目つきのまま、じっと動かなかった。名状しがたい恐怖にすっかりとらわれているようだった。その恐怖は、ヴィクターを除く全員にも伝染していた。みんな黙って居間を出た。パトリックはぼくたちのことなど目に入っていないかのように、階段を降りていった。パトリックが見えなくなると、アリスの合図で屋根裏に続く階段をのぼり始めた。

三階からとどく光は、階段のうえをぼんやりと照らすだけだった。階段をのぼりきった正面は壁になっていて、右には屋根裏の物置のドア、左には屋根裏部屋にむかうドアがある。

「さあ、行こう」とヴィクターが興奮に震えながら言った。

左のドアをアリスがぐっと押し開けた。薄暗い廊下の奥が、揺れる明りに照らされている。一瞬、静寂があたりを支配した。聞こえるのはただ、不安と興奮まじりの押し殺した息ばかり。一面羽目板張りになった廊下のつきあたりに、カーテンがさがっている。左側にあるのは羽目板の壁だけ。右側には、扉が四つ並んでいる。一番奥の、開いた扉から、揺れる光が漏れていた。その魅惑的な光のなかに、残り三つの扉についた白い陶器のノブが微かに照らし出されている。

壁は、生き生きとゆらめく光に、ぼくたちは皆うっとりと見とれていた。その先にある部屋の壁は、恐ろしい惨劇の目撃者なのだ。

アリスは先に立って廊下に入ると、右によけて光源を指さしながら、ぼくらを招き入れた。みんな数珠つなぎになって廊下を抜け、呪われた部屋に入る。床に燭台と小さなダンボール箱が置いてあるほかは、何もなかった。壁にも床にも天井にも、電球ひとつない。部屋はまったくのからっぽだった。天井、床、四方の壁は石灰のような白色で、扉とむかい合わせに小さな窓がひとつ、それだけだ。

ヴィクターは窓のほうに進んだが、部屋の真ん中で足を止めるとうなだれた。蠟燭の光が、悲嘆に満ちた顔をくっきりと浮かびあがらせている。アーサーがすぐに近づき、肩を抱いて小声で励ました。ぼくは胸が締めつけられるような思いで、同じ不幸を相憐れむ二人の男を眺めた。

「この場所で、ダーンリー夫人は発見されたのね」とアリスがぼくの耳に囁きかける。

ぼくはいらいらしながら、したり顔で目を閉じた。そのことなら、こっちのほうがよく知っている。ぼくはふり返って、扉を調べ始めた。アリスがぼくの腕を取り、目をじっと覗き込んだ。そして扉を閉じ、内側から差し錠をかけてこう言った。

「錠の仕組みは前にじっくりと確かめてみたけど……犯人はどうやって差し錠を外からかけたのかしらね……」

階段の軋む音がして、廊下に足音が聞こえた。

「パトリックだわ！」そう言ってアリスは差し錠をはずし、扉を開けた。

黒いロングコートを着たパトリックが、黙って部屋に入ってくる。耳まで深く被ったフエルト帽で顔が隠れ、顎のあたりしか見えない。彼はどことなくおかしな様子だった。背中を丸め、頭を前に曲げているせいか、背がいつもより小さく感じられる。

「準備はいいかしら？」とアリスが優しい声でたずねた。

パトリックは答える代わりに低くうなると、窓際に行った。アリスは何か言い添えようとしたけれど、口は動けども声にはならなかった。

窓の脇にひざまずくと、パトリックは横柄なしぐさで扉を指さした。ヴィクターが燭台とダンボール箱をつかみ、ついてくるようぼくらに合図した。ぼくとアーサーはすぐに従ったけれど、アリスはずいぶんとためらったあと、しぶしぶ部屋をあとにした。

彼女はどんな気持ちなのだろう？　夫をひとりこの部屋に残していくのだ……冷たく薄暗いこの部屋に。どんなことがあっても、パトリック・ラティマーの立場にはなりたくないものだ。

扉が閉まると、あわててアリスはたずねた。

「大丈夫、あなた？」

それに対しても、パトリックは低くうなっただけだった。

「さあ」とアーサーがことさらに落ちつき払った口調で言った。「あとは封印をして待つだけだ」

アリスは扉をじっと見つめ、うなずいた。扉は壁とよく似た羽目板張りになっている。

そのむこうに、愛する夫がいるのだ。復讐に燃える霊を呼び寄せる、恐ろしい使命を担った夫が……

アリスはため息をつくとダンボール箱に手を入れ、長さ二十センチほどのリボンを取り出した。ノブのちょうどうえあたりで、ドアと縁枠の隙間に交叉するようリボンをあて、その位置で支えているようアーサーに頼んだ。次に燭台から蠟燭を一本抜き取り、箱のなかにあった道具を使って封蠟を二つ作る。それをリボンの両端にくっつけ、うえからアーサーのコインをしっかりと押しあてた。

呪われた部屋は封印された。リボンを取り除かなければ、誰も入ることはできない。

ヴィクターは燭台をかかげたまま目を閉じた。微かに唇が動いている。この哀れな男は祈っているのだ。ひたすら、奇跡が起こるようにと。ぼくはといえば、もうわけがわからなかった。何か異常な出来事が起こるかもしれない。たしかにそんな気はしていた。でも、ダーンリー夫人が〝甦る〟なんて……ぼくの理性ではとうてい認められない。まるで非現実的で、気違いじみた話じゃないか。でもそれは、失われた幸福を必死で追い求める哀れなヴィクターには現実なのだ。

屋根裏を降りてゆくぼくたちは、まるで葬列さながらだった。

居間に戻っても、待ちきれない気持ちだった。時間が止まってしまったかのようだ。アリスの顔には、つのる不安がはっきりとあらわれている。手は椅子の肘掛けをいらだたしそうに擦っていた。その晩アリスが着ていたのは、金と銀の糸で浮き模様をつけた地味な黒いチュニックだった。襟はハイネックで、ゆったりと先のひろがった袖がついており、その下に同じ色のすらりとしたスラックスを履いている。うしろに思いきりなでつけた髪は、幅広の黒いヘアバンドでとめてあった。胸もとには、太目のチェーンの先にさがった銀のメダルが光っている。日ごろから人目を引く服装をしているとはいえ、こんな奇矯な身なりには違和感があった。いずれにせよ黒い服装により、彼女の真っ青な顔はよけいに目立って見えた。状況が状況だけに、顔色が悪いのも無理ないのだが。

十分ほどたったころ、階段から聞こえた微かな物音に、皆びっくりして息を飲んだ。もう一度、軋むような音がしたあとは、また静寂が戻った。

「ホワイトさん」とアリスが言った。「様子を見てきたほうがよくはないかと……」

「あと十分待ちましょう」とアーサーは腕時計を確かめながら答えた。「降りてきてから、まだ十五分ほどしかたっていません」

「ところで、コインはちゃんとありますよね？」アリスは少し間を置いてからたずねた。

「大丈夫」とアーサーは上着の胸のあたりを叩いて言った。「封印に使ってから、すぐにしまいましたから」彼は内ポケットからコインを取り出し、燭台に近づけた。「すばらしいコインですよ。作られたのはおそらく……」

「エレノアが帰ってきた」ヴィクターが突然立ちあがって叫んだ。「今、うえにいる！

あの部屋にいるんだ！」

「十時十分か」とアーサーは咳払いをして言った。「そろそろ見に行ってみよう……」

嬉しそうなアリスに見送られ、彼は蠟燭を手に居間を出た。

そして二分後に戻ってきたとき、アーサーの顔には不安がありありとにじんでいた。

「どうでした？」とアリスがすぐさま訊ねる。

それに対し、アーサーはこう訊ね返した。

「ハサミはありますか？」

アリスは整理だんすに駆けよって引出しを開けると、言われた品をふりかざした。

「ええ、ここに。でも……」

彼女はすぐにアーサーのおかしな態度のわけを理解した。目をまん丸に見開き、両手で喉を押さえる。

「エレノアが帰ってきた……エレノアが帰ってきたんだ」ヴィクターが顔を輝かせ、うわごとのようにつぶやく。

「みんな、いっしょに来てくれ！」とアーサーが重々しい声で言った。

ぼくたちは屋根裏へと急いだ。

「パトリック！　パトリック！　あなた！」呪われた部屋のドアを狂ったように叩きながら、アリスはわめいた。

「答えてちょうだい、お願いだから！」

「あわててはいけません」とアーサーが言った。「きっとパトリックは気を失っているだけです。ともかく封印をはがしたほうがいいでしょう。もしやということも……」

アーサーはヴィクターの手から燭台を取ると、扉に近づけてリボンと封印を確かめた。「もとのままだ」と彼はため息をついた。「誰もこの扉のむこうに足を踏み入れてはいませんよ」

それから彼はハサミでリボンをまっぷたつに切り落とした。ノブに手をかけ、目を閉じ、大きく息を吸って手を離す。

「さあ、行こう」

扉は開いて、燭台の光が部屋に射し込む。床に人が倒れているのを見て、アリスは恐ろしい叫び声をあげた。ふらふらと人形のように崩れ落ちる彼女を、ヴィクターがすんでのところで支えた。

死の沈黙があった。ぼくたちは恐怖に身をすくませ、部屋の真ん中でうつ伏せになった体をじっと見ていた。十数年前、エレノア・ダーンリーが死んだ部屋。そこに今、背中にナイフを突き立てられた男が倒れている。

アーサーが近寄り、ひざまずいた。男の腕は体の下に隠れているが、片手が左肩のあたりからのぞいている。脈をたしかめたアーサーは、首を横にふった。

「死んでいる」

　それからアーサーは窓を調べたが、それも内側からしっかりと閉まっていた。

「封印されたこの部屋には、誰も入れなかったはずだ」と彼は小声で言った。「だとすれば、はっきり認めねばなるまい。この殺人を犯したのは、亡霊にほかならないと……」

「でもエレノアには」とヴィクターが口ごもるように言った。腕にはまだアリスを抱えている。「エレノアには、こんなことできやしない……」

　アリスの様子を見て、アーサーにはことの重大さがわかった。

「こんな実験をするべきじゃなかったんだ」アーサーは両手で顔を覆い、嘆くように言った。「ともかく警察に通報しなければ。亡霊の復讐だなんて、警察が納得するだろうか……でもほかにどうやって、この事件を説明したらいいんだ……」

　アーサーは言葉を切って、死体を注視した。それからいきなり身をかがめると、頭に帽子を被ったままの顔をうえにむけた。アーサーの表情が引きつる。彼はゆっくり立ちあがってあとずさりすると、ふらつく体で壁につかまった。

　ぼくは驚いて死体に近づいた……死体の顔を見たとき、髪の毛が逆立つのを感じた。何とそれはヘンリーの顔だった！

III 気も狂わんばかりに

ぼくたちはすっかり茫然自失して、居間に戻った。筆舌に尽くせないほどの驚愕だった。恐ろしい考えが、胸に湧きあがってくる。ダーンリー夫人が戻ってきて、裁きをおこなったのだ。自分を殺した犯人に復讐を果たした。その犯人とは、ヘンリーだったのだ！　そんなことありえない！　けれども……封印したあの部屋に、生身の人間が入れるはずないのだ。じゃあ、パトリックは？　パトリックはどこに行ったんだ？　ぼくは考えをまとめようと、虚しい努力をした。狂ってる、何もかも狂ってる！　ここは悪夢の世界なんだ。

コニャックのグラスを持った手が、目の前に差し出された。ぼくはグラスを受け取り、ひと息にあおった。ぐるりと部屋を見まわすと、気絶したアリスがソファに横たわっていた。アーサーはコニャックを差し出すヴィクターに、いらないと手をふっている。目がすっかり据わって、生気がまるで感じられなかった。

「間もなく警察が来る」ヴィクターが脇に腰かけ、ゆっくりとした口調で言った。「恐ろしいことだ。アーサーには耐えきれんだろうな……最初は奥さんを事故で亡くし、今度はひとり息子が……あの部屋で……」

「パトリックはどうしたんでしょう？」

「さてね。まだ家捜しする気力はないな。無事だといいのだが……ジェイムズ、何が起きたのかはわからんが、ともかく恐ろしいことだ。ラティマー夫人の意識がまだ戻らなくて幸いさ。どう状況を説明したものやら……」

そのときドアが開いて、パトリックがうなじを押さえながら居間に入ってきた。

「どうしたんです？」と彼は口ごもって言った。「アリス！　何てことだ！　アリスが……」

パトリックは妻のもとに駆けよった。

アリスは意識を取り戻すと、涙に暮れながら夫にしがみついた。

二人に説明をしなければ。今しがた経験したばかりの悲しい出来事を、ぼくは語って聞かせた。

アリスはもう一度気を失いかけた。

「ヘンリーが殺されただって！　あの部屋で！　でも……」

パトリックはそう叫ぶとテーブルのところへ行き、コニャックを注いで一気に飲み干した。

「どうしてこんなことになったのか、わたしにはわからないのですが」と彼はうなだれて言った。

みんなパトリックの言葉にじっと耳を傾けている。

「コートを取りに玄関へ降りたとき、いきなり襲われたんです」とパトリックは続けた。「ハンガーに手を伸ばしかけたところでした。そのあとのことは、何も……気を失ってしまったもので……暗くて相手の顔は見えませんでした。ともかくそいつがわたしのコートを着て、帽子を被っていったに違いありません。わたしのふりをして、屋根裏にあがったんです」

「そういえば！」とぼくは叫んだ。「男の顔は見えなかったんだ！ それに声も聞いていない。少しうなっただけだったから……どうも変だと思ったんですよ。特に歩き方が。その男はあなたより背が低かったんです、パトリック。ちょうど……」

「ヘンリーくらいの背だったわ」とアリスが軽いどよめきのなかであとを続けた。「でも、それから？」

「封印はしっかりと確認したんですね？」とパトリック。

アーサーが無言でうなずき、こう言った。

「そのあと、誰もあの扉を開けたはずない。封印はそのままだったんだ。なんなら、あらためて調べてもいい。リボンを切っただけだから」

誰からも意見がないのを見ると、アーサーは話を続けた。

「犯人は――まあ、犯人がいたとしてなのだが――封印に使ったのと同じコインをあらかじめ手に入れたり、複製を作ったりはできなかったはずだ。理由は単純明快さ。コレクションのうちどのコインを使うかは、誰にもわからなかったのだから。わたし自身をふくめてね。前にも言ったように、コインはここに来る直前に選んだのだ。正確には、八時半ごろに。ちなみにわたしのコイン・コレクションは、六百枚以上もあるのだよ」

やはりアーサーは並みの人間とは違う。不幸に打ちのめされていても、論理だてて考える冷静さはしっかり保っている。彼の立場に置かれて、こんなふうにしていられる者がほかにいるだろうか？

「それじゃあヘンリーは、部屋にひとり残され……」とパトリックが言い添える。

「われわれが体験したのは、超自然的な殺人なんだ」とアーサーはそっけなくさえぎった。「ほかに説明のしようがない。だから今はむしろ、ヘンリーが戻ってきたそのわけを考えるべきだろうよ。そしてまた、なぜヘンリーは殺され……いや、命を奪われたのかを」

誰も答えなかった。

「でも、本当にヘンリーなんだろうか？」とパトリックがたずねる。「うえに行って、よく確認したほうが……」

「警察を待とう。もうすぐ到着するはずだから」とヴィクターが言った。

そのとき玄関のベルが鳴った。

「ほら、着いたようだ」

　この奇怪な殺人事件に当惑しきった地元警察は、すぐさまロンドン警視庁に応援を頼んだ。捜査にあたったのは、ドルー主任警部だった。

　あの男は、三年間でずいぶんと出世していた。すでに難事件をいくつも解明していたので、ロンドン警視庁がじきじきに出動を命じたのだ。最近も彼に関する新聞記事があって、犯人を追い詰める独自の手法について、大きく採りあげられていた。ドルーはまず、犯人の立場に身を置いて考えるのだという。容疑者には事細かな訊問がなされ、事件とはまるで無関係な質問が山ほどあびせかけられる。ドルーは容疑者の私生活について仔細に調べあげ、ときには幼年時代にまで遡って、その性格をまぢかから分析する。こんな捜査方法ゆえに、ロンドン警視庁の同僚たちからは〝心理学者〟とあだ名されていた。

　遺体が運び出される前に、事件の証人たちは被害者がヘンリーだと確認した。けれどもアーサーだけは息子の死を認めようとはせず、こう言うのだった。「ヘンリーと見間違うくらいにそっくりですが、息子ではありません」と。

　惨劇の翌日、ドルーが現場に到着した。警察はすでに封印と犯行現場の検証を行っていたが、何も発見はなかった。秘密の抜け穴もなければ、封印を偽装した痕跡もない。窓の留め金も外から閉めるのは不可能だ。封印に使われたコインについて、アーサーには長々と訊問がなされたけれど、答えはきっぱりとしていた。どのコインを選ぶかを、誰かが予測できたはずはない。だから前もって同じものを手に入れられたはずもない。たとえ犯人が心の内を読んだにせよ、同じコインを見つけるには八方手を尽くして探しまわらねばならないだろう。それに……

コインの型を取って、複製を作ったのではないかという説も出たが、鑑定の結果ははっきりしていた。二つの封蠟に残された跡は、アーサーのコインによるものであり、複製のものではあり得ない。被害者が部屋に入ったあと、コインがすりかえられたという可能性についても、アーサーはきっぱりと否定し、コインは上着の内ポケットにずっと入っていたと断言した。頻繁に確かめていたので間違いないと。

幸いアーサーには鉄のアリバイもある。検死医が示した推定犯行時刻の午後九時から十時のあいだ、彼がひとりきりになったことはなかった。もちろんアーサーに共犯者がいたということも考えられる。この〝不可能犯罪〟に対して唯一可能な説明は、今のところそれだけだろう。

父親が息子を殺した事件は、過去にもなかったわけではない。けれども今回の場合、まったく動機が見あたらない。狂気の発作？　いや、アーサーは決して取り乱したりはしない、健全な精神の持ち主だ。

そんなわけで、ドルー主任警部が到着したとき、警察は大いに頭を悩ましていたところだった。ドルーは三年間ですっかり変わっていた。顔には自信に満ちた落ちつきが感じられ、真実を握るのは自分だけだという不遜な笑みを隠そうともしなかった。現場を調べたあと、彼はすぐにこう結論した。「証人の皆さんが真実をおっしゃっているのなら、考えられる可能性は二つだけですな。ひとつはホワイトさんが共犯者の手を借りて、息子さんを殺害した可能性。しかし言うまでもなく、わたしはこれが正しいとは思っていません。二つ目の可能性は、一見奇抜なようですが、充分あり得るものです。ヘンリーさんは三年ぶりに生まれ故郷の村に帰ってきて、ラティマーさんの家へおもむいた。まあ、ダーンリーさんの家と言ってもいいですが。彼は玄関に隠れてラティマーさんを襲い、コートを奪って屋根裏にあがった。そしてラティマーさんのふりをして、ひとりで部屋に残ったのです。どうしてそんなことをしたのかは、今のところ不明ですが。そのあと窓を開けて、犯人をまねき入れたのです。あの窓に外から近づくのは一見不可能なようですが、別の窓から屋根づたいに行けば、できないことではありません。犯人はヘンリーさんの背中にナイフを刺し、来たのと同じ経路で逃亡したのです。ところがヘンリーさんは息を引き取る前に、窓をまた内側から閉めてしまった。この一見不可解な行為のために、〝超自然的な〟犯罪ができあがってしまったというわけです。不可能犯罪と言っても、えてして簡単に説明がつくものなんですよ」

「この料理はすばらしいね。いや、実においしい！　生まれてこのかた、こんな……」

「兄さんったら、オーバーなんだから！　そんなに褒められたら、かえってからかわれてるのかと思っちゃうわ」とエリザベスは口をとがらせた。

「いや、ジェイムズの言うとおりさ！」とジョンが口を挟む。「それどころか、きみの料理の才能をまだまだ過小評価していると思うね。最高級のフランス料理店だって、三顧の礼をもってきみを調理場に招くだろうよ……」

エリザベスはどう考えたものかと、疑り深そうな目でぼくらを見た。

事件から二日後、わが妹から夕食のお誘いがあった。めったにないことなので、すぐにぴんときた。惨劇の晩の一部始終について、知りたがっているに違いない。案の定、二度も繰り返させられるはめになった。しかも話はしょっちゅうさえぎられる。「ねえ聞いた、ジョン？　やめて、恐いわ！　そんな話、もう二度としないでちょうだい！」そう言った先から、すぐにこう続けるのだ。「で、それから？　どうなったの？」

「ジョン、あなたはどう思う？」とエリザベスはおざなりな様子でたずねた。

「さっきも言っただろう！　この料理は最高だね！」

「ヘンリーが殺された話よ！」

「よくわからないな」とジョンはおかしな目つきで答えた。「村じゃ〝呪われた部屋〟どころか、〝人喰い部屋〟って言っているらしいね。うちのお客にも、ヘンリーがぼくの母を殺し、母の幽霊が復讐を果たしたなんてほのめかすやつがいたけど……ぼくは幽霊なんて信じないね。でも、村に殺人鬼がいるような気はしてきたよ……母は殺されたのかもしれない。今はそう思っているからね……」

「もうやめて、ジョン！」とエリザベスはうめき声をあげた。「殺人の話はたくさんよ！なのにあなたったら、わたしをあの屋敷に住まわせようとしたりして！　でも、どうしてあなたのお母さまは殺されたのかしら？　どうしてヘンリーも殺されたの？」

「ヘンリーは、きみのお母さんを殺した犯人を知っていたからじゃないかな」とぼくは言ってみた。

「だとしたら」とジョンはぼくを横目で見ながら言った。「ヘンリーはもっと早く殺されていたはずだ」

「たしかに、そうだな」

　しばらく沈黙が続いた。

「新聞に出てた記事では、事件のあった奇怪な状況について触れていなかったわね」と、一部始終に通じているエリザベスが言った。

「そりゃそうさ」とぼくはため息混じりに答える。「警察だって、手におえない事件を大々的に宣伝したくないだろうからね。ただでさえ、このところ警察の威信が揺らいでいることだし……」

ジョンもうなずいた。

「ところで、ドルー主任警部の推理についてはどう思う?」と彼は突然ぼくに訊ねた。

「ヘンリーが死ぬ前に窓を閉めたっていう説かい? それはおかしいよ。話にならないな」

「わたしはあり得ると思うわ」とわが妹が自信たっぷりに口を挟んだ。でもぼくらが黙っているものだから、むっとしたように声を高めて続けた。「だってヘンリーは、おかしなくらいプライドが高かったじゃない。きっと彼は最後の出し物をやって見せたのよ。華々しく死んでいきたかったんだわ。自分で思っていたような、偉大な人物に値する死に方をしたかったのよ。わたしが思うに、ドルー主任警部は的を射てるわね。見事ヘンリーの心理を見抜いている。心理学者って呼ばれているだけのことはあるわ」

ぼくは反論しかけたけれど、ジョンが口に指を立てているので黙っておいた。

「アリバイは調べたのだろうか? つまり……」とジョンがたずねる。

ぼくが答える間もなく、エリザベスが言った。

「アリバイのない人物がひとりだけいるわよ!」

それからわが妹は、しばらくもったいぶって黙っていた。

「ああ! わかった」とジョンが言った。「パトリックのことだね……」

「いいえ、パトリックじゃないわ。あなたのことよ!」エリザベスの人差し指が夫につきつけられた。「あの晩は真夜中まで修理工場にひとりでこもりっきりだったじゃない！」

ジョンは笑い出した。

「こいつは鋭い観察だな。でも忘れちゃいけないよ。きみだってアリバイはないじゃないか……」

それを聞いてエリザベスは、体を震わせ立ちあがった。

「あなたったら、自分の妻を犯人扱いする気ね！　よりによって……自分の妻を……」

エリザベスは怒りに息を詰まらせた。ぼくは手でなだめる身ぶりをした。

「まあそれくらいにしとけよ！　喧嘩なら、ぼくが帰ったあとでいくらでもできるだろ。もう行かなくちゃならないし。そろそろ八時半になる。家に寄って欲しいとホワイトさんに頼まれてたからね」

「そんなに急ぐ用事なのかい？」とジョンが訊ねた。「もっとあとでもいいんじゃないか？　何なら明日でも……電話をしとけば……」

「いや……用があるのはホワイトさんじゃなく、ドルー主任警部がぼくらに訊問したいって言うんだ」

「ホワイトさんも気の毒ね」とエリザベスは言った。「あんな立派な方なんだから、警察だって少し大目に見てあげれば……」

「ホワイトさんのことなら心配いらないさ。ふさぎこんでなんかいないから。殺された男は息子じゃないって言い張っているんだ。みんなが認めているのにね。つまり……」

そんなこんなでぼくはおいしい夕食の礼を言うと、ジョンの家を辞去した。外に出ると、身を切る寒さと青白く光る月がぼくを迎えた。人けのない通りに急ぎ足の靴音が響くのを聞きながら、ぼくは惨劇の晩の出来事を順番に思い出してみた。うまく言えないのだが、何かひっかかることがあるのだ。胸にわだかまるもやもやの正体はわからないが、いつのことかは憶えている。二度目に屋根裏部屋にのぼったときだ。ぼくたちは廊下に入って、扉をノックした……返事はない。封印を破り……扉が開いて……死体を発見した……いや、先を急ぎすぎた。もう少し前だ……あの奇妙な印象に捕らわれたのは……ああ、うまく思い出せない！　誰かの行為だろうか？　それとも言葉？　光景？　音？

いくら頭をひねっても無駄だった。きっと忘れたころにふと思い出すのだ。

その点をうまく解明できたなら、犯人の恐るべき策略も見破れたのだと、ぼくにはまだ知る由もなかった。そしてもうひとつの忌まわしい事件も、起こりはしなかったのだとは。あの事件の動機は、末永く警察の年報に残るに違いない！　今の言葉に偽りがないことは、いずれこの物語のなかで明らかになるが、ひとまず話をもとに戻そう。

アーサーが惨劇の晩について語り終えたのは、九時十五分ころだった。とても正確な陳述だったので、ぼくが口を挟むまでもなかった。

　ドルーは肘掛け椅子にゆったりと腰を落ちつけ、腕を組んで微笑みながらうなずいていた。

「大変傾聴に値するお話でしたが、残念ながら新たな事実はありませんでしたな」そう言うと、ドルー主任警部はぼくのほうをふり返った。「スティーヴンズさん、何かおっしゃるべきことはありませんか？　ホワイトさんの話につけ加えることは？」

「いいえ」とぼくは答え、心の奥を見透かすような二つの青い目を避けようと、煙草に火をつけた。「つけ加えることは何もありません。あの晩の出来事は、ホワイトさんのお話に細大漏らさず語られています。ぼくとホワイトさんはずっといっしょにいましたから、これ以上ぼくから言うべきことはありませんね」

　アーサーは少し目を細め、ゆったりとパイプをふかした。

「この話をするのは、二日間で三回目ですから。あなただってもう、よく把握なさっているはずだ。まるでそこに居合わせたかのようにね」

「でも警察は幽霊なんて信じませんよ」とドルーは吐き捨てるように言った。

「ものの見方は、人それぞれです」とアーサーは驚いたように答え、少し間を置いてから続けた。「ところで、犯人が逃げたあと被害者が窓を閉めたというあなたの説、あれはどうなりました？」

ドルーの目が一瞬きらりと光った。けれども彼はぐっとこらえ、さりげない口調で言った。

「いやなに、とりあえず当て推量で言った仮説にすぎません。あの事件は必ずしも幽霊の仕業ではないと証明するためにね。ええ、あれが真相だという可能性はほとんどありませんよ。窓の取っ手に指紋はついてなかったし、検死医によれば、息子さんはナイフで刺されたあと立ちあがれなかっただろうということですから」

いらだったような表情が、アーサーの顔に浮かんだ。

「何度も言ってるじゃありませんか。あの男は息子ではありません！」

ドルーは薄笑いを浮かべながら、靴の先を見つめていた。

「冷静になりましょう、ホワイトさん」とドルーはことさら愛想のいい口調で言った。「遺体を見た人は皆、あなたの息子さんだとはっきり認めているんですよ。お気持ちはお察ししますが、事実は事実ですから……」

「そうですよ、ホワイトさん」とぼくもとりなすつもりで口を挟んだ。「あれはヘンリーでした。間違いありません。もしどこか疑わしい点があったら、真っ先にぼくが異をとなえてます……」

アーサーは落ちつき払っていた。気まずい沈黙が居間を支配した。ドルーは薄い唇に煙草をくわえ、火をつけた。それから長々と咳払いをし、また話し始めた。

「ともかく、奇妙な事件ではありますがね……」

「たしかに」とぼくも言った。「完全な密室のなかで人が殺されていたんですから。少なくとも言えることは……」

「もちろんそれもありますが、わたしが言いたかったのはもっと別なことなのです。いいですか、ホワイトさん、お宅の前を通っている小道であなたが襲われてから、まだ三年ほどなんですよ！」

「そのとおりです」とアーサーはいらだち混じりの声で言った。「襲われる直前、何者かが死体らしきものを抱えて森に向かうのを目撃した話も、たしかあなたに申しあげたはずですが……けれどもあなたは、あまり重要視していないご様子でしたね」

ドルーはむっとしたようだが、平静を保っていた。

「どういうことですか、あまり重要視していないというのは！」と彼はまくしたてた。「森は徹底的に捜索しましたが、死体は見つかりませんでした。この付近で行方不明人の届出もまったくなかったのに、それ以上何を……」

「わたしの息子がいなくなりましたよ！」アーサーは語気を荒らげた。「あれは行方不明でないと？」

ドルーがこんなに控えめな態度なのも、アーサーが高名な作家なればこそだろう。

「その点にもこれから触れるつもりでした」とドルーは穏やかに言った。「たしかに、あなたが襲われた直後に息子さんは失踪しました。そして数日後、同じ時刻に二つの別な場所で目撃された。おかしな出来事ですが、話はそれにとどまりません。今度は封印された密室に入り込んで、殺害されたのです！」

ドルーは湧きあがる怒りをもう抑えきれず、声を震わせた。

「今からはっきり申しあげておきますよ、ホワイトさん。犯人が何者であれ、この事件は必ず解明して見せます！　まだわたしは失敗をしたことはありません。今回だって……」

そのとき、玄関のベルが鳴った。

「ヴィクターでしょう」とアーサーは言って立ちあがった。「いや、車の止まる音がしたな。誰か友人だろうか……ちょっと失礼しますよ」

アーサーは居間を出ていった。ぼくとドルーは黙って耳を澄ましていた。驚いたような声と車が走り去る音が聞こえ、そしてまた静まり返った。しばらくして、また歓声らしきものが聞こえた。

居間のドアが開き、嬉し泣きしているアーサーが入ってくる。その背後にちらりと見えた人影は……ぼくは心臓が止まるかと思った。頭が変になったのだろうか。ヘンリー！

あれはヘンリーじゃないか！

ヘンリーその人が、目の前に立っている！

Ⅳ　心理捜査、行わる

「やあ、ジェイムズ！」とわが友人はにこやかに笑って言った。

ぼくは駆け寄って、その肩を両手で叩いた。それから腕を取って、もっとよく顔を見た。

「ヘンリー！　信じられないな」

ヘンリーの目から涙が湧きあがり、頬をつたった。

「きみにまた会えて、どんなに嬉しいか、ジェイムズ」とヘンリーは、感きわまったかのようにつぶやいた。

ヘンリーがぼくに話している。たしかに彼だ。こんなに友情のこもった話し方をするのは、ヘンリーをおいてほかにない。

「ドルー主任警部、ご紹介しましょう。息子のヘンリーです」アーサーがハンカチで顔を覆って言った。

ドルーは顔の筋肉を歪めて作り笑いをし、慇懃無礼な口調でこう言った。

「これはどうも、初めまして……」

その様子は、恐ろしい復讐を誓っている悪魔の化身さながらだった。緑がかった両目はぎらぎらと光り、骨ばった顔は奇妙な色合いを帯びている。まるで肝臓を患った老インディアンのような。

ぼくは大喜びでこう叫んだ。

「さあ、わが友ヘンリーのご帰還だ！」

ドルーは作り笑いに顔を固まらせたまま歯をむいた。ぼくは一瞬ぞっとした。ドルーは爪を立ててわが友に飛びかかり、生きたまままむさぼり喰おうとしているんじゃないだろうか。けれども彼は、冷笑を浮かべただけだった。

「ヘンリー、どうして……どうやって……」とぼくは言った。何だか自分の声じゃないような気がした。

目がまわり、ひざががくがくしてきたけれど、幸いうしろに肘掛け椅子があった。そんなぼくの様子に気づいたからだろう、アーサーははっとした。そして感動に震えながらぼくらに背をむけると、カウンターへ歩みよった。

「さあ、ヘンリーの帰りを祝って乾杯だ！」彼は動揺を隠すように力強い声で言った。「ぜひとも乾杯しなければ！」

ぼくは訊ねたいことが山ほどあったけれど、胸がいっぱいで声にならなかった。頭が痺れて、肘掛け椅子のうえから動けない。でも視覚だけ健在だった。ドルーは獲物を待ち伏せする猛禽類のように、じっとヘンリーを目で追っている。アーサーは幸せにあふれた顔で、四つのグラスを酒で満たしていた。ヘンリーはぼくに近づき、肩に腕をまわした。

アーサーはひと息にグラスをあけた。そして閉じた目をまた開くと、こう言った。

「どうしてこの三年間、何の連絡もよこさなかったんだ？」

その声は重々しく、悲しみに彩られていた。

「そう、どうしてなんです？」とドルーの皮肉っぽい声が繰り返す。

ヘンリーはうなだれ、黙ったままだった。

「みんな、おまえが死んだものと思っていたんだ」とアーサーが変わらぬ口調で続ける。「そんなはずないと、わたしにはわかっていたがね。それでも……ヴィクターの屋敷で殺されていたあの男は誰なんだ？　事件のことは知っているな、ヘンリー？　今日の新聞を読んだだろう？　わかってるな？　殺されたのはおまえだと、みんな信じていたんだぞ」

ヘンリーはぼくらの顔をひとりひとり見つめ、うなずいた。

「そう、あの男は何者なんですか？」とドルーが訊ねる。その声は穏やかだが冷たかった。

ヘンリーはあいかわらずうつむいたまま、数歩進んでもとの位置に戻り、しばらくじっと押し黙っていた。

「彼はぼくの相棒で、ボブ・ファーというアメリカ人です……」と彼はようやく言った。

「それじゃあ、ずっとアメリカに行ってたのか？」とアーサーが目を大きく見開き訊ねた。

「ええ、ぼくは……」とヘンリーはためらいがちに答える。「ぼくたちは、とりわけ脱出芸が得意でした。出会ったとき、ボブはサーカスでアクロバットをしていました。ひと目見て、これはいけるって思いましたね。二人は信じられないほどそっくりなんです。これを利用しない手はありません！　願ってもないチャンスじゃないですか！　顔は瓜二つで仕事も同じ……脱出芸では、本当にもう大成功を収めましたよ！　ぼくたちが自由自在に消えたりあらわれたりしても、観客はひとりの人物だと思っているのですから……けれど……ボブはもういない」

気まずい沈黙が流れた。

それまで冷静を保っていたアーサーが、突然はらはらと泣きだした。

「ボブはもういない」とドルーがつぶやく。天井にむけて吐き出した煙草の煙がゆらめくのを、ぎらつく目で追いながら。「ひとつ教えていただきましょうか。あなたの相棒とやらは、おとといの晩、向かいのお宅に何をしに来たのですかな？」

「今はお話しできません……今はまだ」

「今はまだ、ねえ」とドルーは繰り返した。真っ赤に燃える煙草の先を、悪魔のような笑みを浮かべながら見つめている。「まあ、いいでしょう……それでは誰か敵はいませんでしたか？　忘れてもらっては困りますが、彼は殺されたのですよ……」

ヘンリーは首を横にふった。

「それならしかたないですな。ところで事件の状況がいかに奇怪なものだったか、ご存知ですか？」

「新聞で読みました。ナイフで刺され、屋根裏部屋で死んでいたとか」

「ええ、新聞にはそう書かれています。間違いではありませんが、細かな点が少し抜けてましてね。のちほどご説明しましょう。それはそうと、いつアメリカからお戻りになりました？」

「ほんの数時間前に、船で戻ったばかりです。すぐにオックスフォード行きの列車に乗り、そこからタクシーで来ました」

「なるほど……なるほど……けっこうです」ドルーはポケットから手帖を取り出すと、何ごとか書きつけた。「事件の晩の話を、お父上に繰り返していただくには及びません。お友だちのほうは、きちんとした話ができそうにもありませんし。わたしからご説明いたしましょう」

話し終えると、刑事はヘンリーにたずねた。

「どう思われますかな？　あなたは奇術の専門家とのことですから、事件解決にお力添えをいただけるのでは？　犯人の奸計を暴いてくださいな」

ヘンリーは頭を抱え、黙っていた。

「主任警部さん」ヘンリーはしばらくして口を開いた。「何も申しあげられません……今は何も」

息子を心配そうに見ていたアーサーが、肘掛け椅子から立ちあがってドルーに言った。

「主任警部さん、捜査のお邪魔はしたくありませんが……おわかりでしょう……息子と会うのは三年ぶりなんですよ」

目はあいかわらずヘンリーにむけたまま、ドルーはその痩せぎすの体をゆっくりと動かした。

「わかってますよ、ホワイトさん。よくわかってますとも」

そう言ってドルーは、アーサーから手渡されたベージュのマフラーを長い首に巻き、しゃれたコートを羽織った。作戦終了。彼はヘンリーに近寄り、にやりと笑いかけた。

「ひとつ忠告しておきましょう。しばらくのあいだは、村を離れないでください……ドルーの行くところ、事件解明あり。これをお忘れなく。明日、あらためてお目にかかり、少しお話ししましょう……友人としてね！」

ドルーはこれだけ言うとぎこちないしぐさでお辞儀をし、帰っていった。

玄関のドアが閉まる音がする。

「変わった人物だね」しばらくしてヘンリーは言った。

「彼の立場にもなってやらなくては」とアーサー。「おかしな事件を抱え込んでいるんだ。ところで、ボブという青年がここに来たわけは、もちろん知っているんだろ！」

ヘンリーはまた黙り込んでしまった。待ちきれずぼくも訊ねる。

「ヘンリー、きみがいなくなった晩、お父さんが襲われたことは知っているよな？ その数日後、ぼくはオックスフォードできみと会ったけど、同じ時間にラティマー夫妻がパディントンでもきみを見かけたっていう話は？ もうわかったぞ。ラティマー夫妻はボブ・ファーをきみと間違えたんだな……なあ、ヘンリー、黙ってないで説明してくれよ！ 刑事はもう行っちまったんだ。ぼくらに隠しだては無用さ！」

ヘンリーは目に涙をため、懇願するようにぼくたちを見つめた。

「父さん、ジェイムズ、今は何も訊かないで欲しいんだ。何も訊ねないで。いずれきっと説明するから……そうすれば、わかるよ。お願いだから、もう質問はしないで欲しい。もっとよく考えたいんだ……」

翌朝早く、ドルーがまたやって来て、ヘンリーを問いただした。訊問は長く続かなかった。十五分後、立腹した様子の主任警部がうつむき気味に出てきた。その様子を窓ガラスに鼻先を押しつけて見ていたぼくには、何があったのか容易に想像がついた。怒り狂っているドルーを前に、ヘンリーはずっと黙っていたのだろう。

予想通りの一日となった。ヘンリーの〝復活〟を知って、村中が驚愕に包まれた。母が買い物に行って戻ってきたときには、みんなに知れわたっていた。パン屋、乾物屋、肉屋

——挙げるのはそれだけにしておくが——が口にする言葉はただひとつ、ヘンリーの名だ。ぼくは一日中外出しなかった。部屋にこもったまま、頭のなかで千々に乱れる思いをまとめようとした。

夜になって、ジョンとエリザベスがやって来た。わが妹はすまし顔で、女取調官の才能を巧みに発揮したが、成果は得られなかった。ジョンはうちの両親と同じように、ただ唖然としていた。言葉少なだが、もちろん彼の顔には喜びがあった。ヘンリーが生きて帰ってきたのだ。嬉しい知らせに違いない。けれども皆、事件の続きを待っていた。惨劇の気配があたりに漂い、誰もがそれを嗅ぎつけていた。はたして死が、再び村を襲うことになる。

ヘンリーが帰ってきて以来、ドルー主任警部は村に腰を据えてしまった。あちこち歩きまわっては、端からドアを叩いて訊ねている。もちろんぼくやうちの両親も訪問にあずかった。ドルーはヘンリーについてあれこれと質問した。彼の生い立ち、好み、性格。〝心理学者〟の活動開始というわけだ。

新聞はあいかわらず控えめだった。死体の身元取り違えについて、囲み記事が二、三出たほかは何もない。本当なら、第一面にこんなタイトルが踊ってもよさそうなものなのに。〝密室殺人。有名作家の息子が死から甦る!〟と。どうやらアーサーは、予想以上に顔が利くようだ。

翌々日の晩、ぼくはヘンリーを訪ねた。彼はアメリカでの生活について、色々と話してくれた。ボブ・ファーと行った奇術の公演について。瓜二つの外見で観衆の目をすっかりくらませたこと。これからどうするつもりなのかとぼくは訊いた。「さあ、どうしたものかな、ジェイムズ。まずは様子見ってところだ……本当に、どうしたものか」そこでぼくは、タブーの話題に触れてみた。つまり、ボブを殺した犯人について。「あとで話すよ。もっとあとで。もう少し考えさせてくれ……」

そんなこんなで、とうとうあの晩がやって来た。ぼくはもちろん、あそこに立ち会った者すべてにとって、そしてとりわけドルー主任警部にとって、決して忘れることのできない晩が。

ヘンリーの帰還からおよそ一週間がすぎていた。ドルーの要請を受け、アーサーが事件の関係者を自宅に集めた。十一月末の寒い晩のことだった。暖炉で燃えあがる火も、居間に漂う冷え冷えとした雰囲気を暖めはできなかった。しかもドルーは二人の警察官を伴っていた。その二人が、まるで出口をふさぐみたいに居間の戸口に立っているものだから、座はしらけるばかりだった。ラティマー夫妻はソファにすわっている。アリスは真っ青な顔をして、夫の脇で凍りついていた。パトリックのほうもどことなく落ちつかない様子だ。その右側では、ジョンとエリザベスがじりじりとしている。アーサーとヴィクターは肘掛け椅子に陣取っていた。ヘンリーとぼくは暖炉の脇の椅子にすわっていた。小柄でがっちりとした体格ながら、ヘンリーはなかなかしゃれた服装をしていた。ビロードのダークスーツにワインレッドのネクタイ、それと対照的な淡いブルーのシャツ。肘を膝におき、じっと床を見つめながら、いらだたしげに指をひねっている。

ドルー主任警部は背中で手を組み、暖炉に顔をむけていた。それからいきなりふり返ると、大袈裟な口調で話し始めた。

「お集まりの皆さん、ボブ・ファー殺しに関する謎は、今夜明らかになるでしょう。しかも狡猾なる犯人は、この部屋のなかにいるのです！」

恐怖が居間を駆けめぐったが、誰ひとり言葉を発しなかった。ドルーは落ちついて煙草に火をつけ、すぱすぱと吹かしてから言葉を続けた。

「初めにお願いしておきますが、しばらくは口を挟まないでください。これからお話しすることは、一見事件とは関係ないように思えるでしょう。一見、と申しあげた意味は、いずれおわかりになります。ですから繰り返しますが、わたしの話がまるで無意味だと思われても、そのまま黙って聞いていて欲しいのです」

ドルーは上着のポケットに手を入れるとゴムボールをひとつ取り出し、片手で放りあげては受ける動作を繰り返した。陰険そうな笑みが口もとに浮かんでいる。そしてそのボールを皆に示した。

「ご覧ください。これが何だかわかりますね！」

あまりに馬鹿馬鹿しい質問なので、誰も答えようとはしなかった。ぼくたちが唖然としているのに気をよくして、ドルーは続けた。

「これが犯罪の道具だったのです！　このボールによって、何とも驚くべき仕掛けが作られました。封印された密室における殺人事件という仕掛けが！　きっと皆さんのうちには、あの事件が亡霊によってなされたものだと信じている者が、まだおられることでしょう」そう言ってドルーは少し間を置き、ボールをポケットに戻した。「わたしは霊の存在を頭から否定しようとは思いません。説明できないものを信じないというのは、愚かな態度です……けれども、今われわれが解明しようとしている事件でひとつ確かなのは、相手が生身の殺人者だということです。しかも悪魔のような殺人者だと……」

蠅が飛ぶ音が聞こえた。

次にドルーは、持参した紫の表紙の本を暖炉のうえから取った。そしてぱらぱらとめくりながら、ひきつった笑いで口もとを歪めた。彼は本をふりかざし、もったいぶった重々しい声で言った。

「事件の真相は、すべてこのなかにあります！　すべて、そう、すべてです！」ドルーは本を両手で握りしめると、撫でるように見つめた。「盲目でもなければ、誰にでもわかることです！　そう、盲目でもなければ……わたしが同僚たちから心理学者とあだ名されているのには、それなりの理由があるのです!」と彼は慎み深げにつけ加えた。

皆の顔に浮かんだ驚愕は、本のタイトルを見ていや増した。『フーディーニとその伝説』とあるではないか。

「ここで皆さんに、フーディーニの生涯についてお話しいたしましょう」と自己満足に浸りきったドルーが続ける。

「まずは彼が打ち立てた偉業について語り、次に彼の心理について考察いたします。繰り返しますが、決して途中で口を挟まないでください。

ハリー・フーディーニをご存知ない方はおられないでしょう。〝手錠抜けの王〟〝脱走の天才〟〝脱出芸の王〟……二十世紀初頭、観衆を魅了し、大統領を煙に巻き、王侯貴族を感嘆させた男です。彼が初めて衆目を集めたのは一八九八年のこと、シカゴの日刊紙第一面にこんな記事が載ったときです。〝手錠抜けの王フーディーニ、シカゴ警察署に挑戦。両手に手錠をかけられた彼を、州刑務所の独房に一時間以上閉じ込めておけるか……〟

警察はすぐに挑戦を受けてたちました。こうしてフーディーニは看守たちが慎重に見守るなか、独房に閉じ込められたのです。刑務所の所長室で、大勢の新聞記者たちが快挙の達成を待ち受けていました。結果はほどなくわかりました。数分後、ドアが開いて、拘束を逃れたフーディーニが入ってきたのです。皆の驚きは長続きせず、記者のひとりがフーディーニを糾弾しました。道具を隠し持って、いくつもの鍵を開けたのだろうというのです。それなら前もって徹底的に身体検査をしたうえで、もう一度やってみようとフーディーニは提案しました。医者が身体検査を行い、何も持っていないことを確かめました。しかもフーディーニは、素っ裸で独房に入ったのです！　服は別の独房に置いて、そこにも鍵をかけてありました。所長室で結果を知るには、前よりさらに時間はかかりませんでした。皆が啞然とするなか、フーディーニは自分の服をきちんと着てあらわれたのです！

二年後の一九〇〇年、フーディーニはイギリスに渡りました。彼の公演はロンドンの観客を熱狂させました。出し物の最後に行われる挑戦は、とりわけ注目の的となりました。観客が持参したどんな手錠でもいい。それを数分ではずしてみせるというのです。ロンドン警視庁は、この世界で最も有名な警察署内で実演するよう持ちかけました。もちろんフーディーニは、またとない宣伝の機会として挑戦を受けてたちました。奇術師は廊下の円柱に腕をまわすように言われました。そして両手を正規の手錠でしっかりとつながれたのです。警察官たちは、せせら笑って立ち去りかけました。こうしてつないでおけば、奇術師は逃げられるはずありません。ところが数歩も行かないうちに、フーディーニの声がしました。「部屋にお戻りなら、ちょっと待ってください……わたしもごいっしょしますよ……」ふり返ると、何とフーディーニが拘束を解き、あとをついて来るではありませんか！

この快挙により、アメリカ人奇術師は未曾有の熱狂を巻き起こしました。王国の警察に挑んだ驚異の技を舞台のうえで一目見ようと、ロンドンっ子たちが大挙して押しよせたのです。ヨーロッパ公演も大成功を収め、有名なミュージックホールが大金を積んで、この新たなスターを奪い合いました。ベルリン、ドレスデン、パリ……そしてモスクワでさえも。市井の人々にとって、フーディーニは魔法使いでした。不思議な力を持った魔法使い。信じがたいことですが、ドイツでは出廷を命じられたことすらあるのです。魔法を使ったかどで……

彼のヨーロッパ公演は、一九〇三年のモスクワで華々しく幕を閉じました。政治犯をシベリア送りにするための、恐ろしい箱馬車をご存知ですよね。分厚い鉄の仕切り壁がついて、四頭の馬が引く護送車です。この動く監獄にはちっぽけな窓がひとつあるだけで、扉の錠前は外側についています。しかもいったん錠がかけられたら、シベリアの当局にある鍵でしか開けられません。この護送車から脱出するのは、一見不可能に思われます。けれどもフーディーニは挑戦しました。かつてないほど手荒で念入りに身体検査をされたあと、彼は馬車に閉じ込められ、シベリアにむかいました。そして一時間もたたないうちに、フーディーニは脱出に成功したのです！

フーディーニはアメリカに戻り、すべての大都市で公演を行いました。地元の警察は少しびくつきながらも招待状を受け取り、独房からの脱出はみな成功裏に終わりました。とりわけワシントンでは、刑務所中の囚人をすべて解放したのです。しかも記録的な早さで！
けれども、彼の偉業はそれに留まりませんでした。両手に手錠をかけ、足に鉄の重しや四十キロもの鉄球をつけて、凍った川に潜ったこともありました！　数分のうちに拘束衣から抜け出たこともありました。しかも十階建てビルのてっぺんから、逆さ宙吊りになってです！　蓋をしっかりとねじ止めした棺桶に入り、二メートルの地下に埋められたことも、金庫から脱出したことも！　彼の行く手を阻むものは、何ひとつありません。手錠、鎖、拘束衣、金庫、蠟で封印した郵便物袋。ほかにも色々ありますが、どんなものからも脱出に成功しました！　それだけではありません。競馬場から象を消し、レンガの壁を通り抜けたことさえあったのです！

全世界を魅了したこの男は、一九二六年十月に馬鹿げた事故によって亡くなりました。彼の指示によって観客のひとりが腹を殴りつけたところ……」

「ドルー主任警部！」とアーサーがさえぎった。「フーディーニが誰かなど、みんな知ってますよ！　たしかにそのお話は面白いですが、今はそんなことを……」

ドルーはにやりとした。

「フーディーニの生涯は、ボブ・ファー殺しと密接に結びついているのですよ。奇術師の偉業についていささか話が長くなったことは認めますがね。それではこれから、本題に入ることにしましょう。ハリー・フーディーニの心理です。あらためてお願いしますが、途中で口を挟まずに、続きを注意深くお聞きになってください。謎の解明はすべて、そこにあるのですから」

この驚くべき言葉に皆あっけにとられ、黙ったままだった。しばらく間を置いてから、ドルーは続けた。

「ハリー・フーディーニというのは、お察しのとおり芸名です。本名はエーリッヒ・ヴァイス。未熟児として一八七四年四月六日に生まれました。出生地は不明ですが、ブダペストだろうと思われています。幼いころから、友だちと手品をしていました。母親がお菓子をしまってある戸棚で、初めての脱出芸を行ったと言われています。七歳のころにはサーカスに出入りし、十五歳で友人とマジックの公演を行っています。けれどもフーディーニは、初めから異彩をはなっていたわけではありません。強健な体、奇術にかける情熱、鉄の意志、人並はずれた野心があったればこそ、栄光を勝ち得ることができたのです。

ええ、彼には人並はずれた野心がありました。輝かしい経歴がそれを証明しています。常に観衆をあっと言わせねば気がすまない。そんなところからフーディーニは、プライドが高く自己顕示欲旺盛で、単純な性格の人物であると考えられます。観客を失望させたくない、新聞の第一面を飾りたいばっかりに、命の危険も顧みず、つねにより難しい技に挑む、それは大声で騒ぎたてる、気まぐれな子どもを思わせます……女性に対する彼の態度は、奇妙と言っていいでしょう。女性には恐ろしく内気で、しかも病的なほど嫉妬深いのです。そして母親を異常なくらい崇拝していました。一九一六年、フーディーニとその妻はヨーロッパへむかう大型客船に乗っていました。ある晩、彼は急にわけもなく悲しくなって、客室で目を覚ましました。そしてベッドですすり泣いたのです。ちょうどそのとき、母親が心臓発作で亡くなったことを、あとから彼は知りました」

ぼくは椅子のうえでどきりとした。ホワイト夫人が死んだ晩のことが、脳裏によみがえった。ヘンリーも母親の死を予感していたではないか！　ドルーがそのことを知るはずがない。二人だけの秘密なのだから。ドルーは何が言いたいのだろう？　フーディーニとヘンリーの人生に共通点があると？　でも、どうしてそんなことを？

ぼくはわが友をちらりと見やった。ヘンリーは、もううつむいてはいなかった。異様な目で主任警部をにらみつけながら、その言葉をむさぼるように聞いている。

「フーディーニは母親に激しい愛情を注いでいました」とドルーは続けた。「母親を崇め、いとおしみ、プレゼント責めにしていました。それゆえ母親の死は、彼の人生における大事件でした。悲嘆と絶望のどん底に突き落とされ、何ものも癒せぬほどでした。もちろん、舞台に立つなどとんでもありません。けれども彼は、やがて悲しみを乗り越えました。そのよりどころとなったのは、心霊主義に対する信仰でした。交霊実験も何度か試みてみたものの、亡くなった母親との〝交信〟はいつも失敗に終わりました。悲しみは怒りへと変わり、満足のいく成果を出さない交霊術者に対し、彼は復讐を誓ったのです。フーディーニは詐欺師たちを容赦せず、高名な霊能力者たちのいんちきを数多く暴きました。けれども、本当のところフーディーニが心霊主義をどうとらえていたのかは、はっきりしません。心の底では、超常現象の存在について確信を抱きつづけていたのだと主張する人もいます。それに彼は死の床で妻に秘密のメッセージを残し、あの世からそれを届けると約束したのです。妻のベス・フーディーニは一九四三年に亡くなりました。フーディーニが生死の超えがたい境を超えることができたのかどうかは、誰にもわかりません……」

ドルーは説明を終えると本を閉じ、満足げな目で皆を見まわした。

「まだおわかりになりませんか？」と彼はたずねた。

アーサーが肘掛け椅子から立ちあがり、こう答えた。

「わかるって、何がわかるんですか？　たしかに息子とフーディーニの性格には、いくらか似たところがあるようですが、それがどうだというんです？　主任警部さん、どうもあなたはすぐれた心理学者だともてはやされるあまり、無意味な瑣事に目を奪われているようですね！」

ドルーはただ微笑み返すばかりだった。そして暖炉に数歩近づき、じっと炎を見つめた。

「いくらか似たところ……」と彼はゆっくり言った。「わたしは三日間かけて、ご友人、ご家族など、ヘンリーさんを知る人たちから話をうかがいました……彼の子ども時代、彼の性格について……三日間で、ずいぶんと色々なことがわかりましたよ！」ドルーの顔から笑みが消え、声が重々しく震える。「今では、あなたがたの誰よりもヘンリーさんについて知っていると断言できます！　でも、それは特別なことではありません……仕事の一部ですから……人の心理！　すべてはそこにあるのです！」と彼は仰々しい口調で言った。「ですからここで、ヘンリーさんとフーディーニの共通点をもう一度取りあげてみましょう。二人とも未熟児で生まれました。それ自体は、何ら異常なことではありませんが。ごく幼いころから、手品で友だちを楽しませていました。二人とも、鍵のかかったドアを端から開けてしまうのです。それから、せっせとサーカスに通い詰めていました。二人の望みはただひとつ。みんなを驚かすこと、目をくらませること、つねに注目の的となることです！　もうおわかりですね？　二人とも極端な自己顕示欲、人並はずれたプライドの持ち主なんですよ」

ぼくは何か言い返そうとしたけれど、アーサー・ホワイトに先を越された。

「誇張ですよ、主任警部さん。あなたは話を誇張しておられる」それから皮肉っぽい口調でつけ加えた。「だいいち芸術家なら、誰でもそんな性向を持っているものですよ……」

もっともな指摘に、ドルーはかちんときたようだった。彼はうしろをむいて本を取ると、挟んであった写真を抜き出した。そして勝ち誇ったように皆に示し、こう言った。

「よく見てください！　ハリー・フーディーニの写真です！　ここにいる誰かを思い出し

ませんか?」

たしかに、ヘンリーとの類似は否定しがたかった。大きな顔、真ん中から分けた髪、目つき、ずんぐりした体格……けれどもそんな男なら、この世にごまんといるはずだ!

主任警部の説明にじっと耳を傾けていたヘンリーは、魅入られたように写真を見つめている。ヘンリーを除けば、誰もこの写真に興味を示していないようだった。

突然、アーサーが笑い出した。そのわざとらしい笑いは、またぴたりと止んだ。

「やりすぎですよ、主任警部さん! 冗談にしては、ちとたちが悪い。いやはや、あなたほどの人が、こんな低俗な……」

「ホワイトさん」ドルーは目をぎらつかせ、無愛想にさえぎった。そして冷笑を浮かべると、慇懃な口調で続けた。「ホワイトさん……いやむしろ、ヴァイスさんとお呼びするべきでしょうかね?」

アーサーは肘掛け椅子のなかで飛びあがった。

「どうして……どうしてそれを……」彼は顔をひきつらせ、口ごもった。

「自らに課された仕事を遂行したまでですよ。この事件に関連した人々について、わたしは詳しく調べあげました。ですから、あなたがハンガリーの出身で、生まれはブダペスト、本名はヴァイスであることもわかっているんです……ヴァイスを訳してホワイトとしたわけです。二十一歳で、イギリスに渡ってきたときに……間違いありませんね?」

アーサーは蚊の鳴くような声で「ええ」と言った。

「われわれはさらに調査を進めましたが、それ以上手がかりは得られませんでした。あなたは孤児だった。わかったのはそれだけです。ここでもう一度、フーディーニの本名を思い出してみましょう。エーリッヒ・ヴァイスです。そして彼もまた、ブダペストの生まれらしい……」

「主任警部さん」とアーサーは動転したように、震え声で言った。「ヴァイスはありふれた名前です……わたしが孤児で、両親や出自を知らないからといって、そんなこと証拠には……そもそもあなたは、何を証明しようというんです？　ヘンリーにフーディーニの血が流れているとでも？　たとえそうだとしても、この事件とどんな関係があるのか、さっぱりわかりませんね！」

「今、ご説明しますよ」とドルーは落ちつき払って言った。「ヘンリーさんがフーディーニの親戚だろうが、彼の生まれ変わりだろうが、結局のところさして重要ではありません……」

「生まれ変わりですって！」とアーサーは声を荒らげた。「わたしの息子が、生まれ変わり？　主任警部さん、あなたこそ、そんな現実離れしたことを言って……」

「父さん」とヘンリーが口を挟んだ。「ともかく、主任警部の話を聞いてみましょう」

ドルーはしばらくじっとヘンリーの顔を見ていたが、また話し始めた。

「ではヘンリーさん、」いよいよ核心に入りましょうか。あなたはお母さんを崇拝していました……フーディーニと同じように！　それは母と息子のあいだにある、ごく普通の愛情ではありませんでした。お母さんの死を知って、苦悩のどん底に突き落とされるほど深い愛情だったのです……フーディーニと同じように……激しい絶望、」とめどもなく流れる涙。自殺するのではないかと思われるほどでした……否定しようとしても無駄ですよ。すっかり調べあげてあるのですから。あなたの深い悲しみに、村中が胸打たれていました。あなたが息子として母親に抱く愛情を、みんな感じ取っていたのです。人並みはずれた愛情を……

そこで三年前に遡り、事件のあとを順番にたどってみることにしましょう。一九四八年九月初め、悲劇的な自動車事故によりホワイト夫人が亡くなりました。すでにお話ししたように、ヘンリーさんは深く嘆き悲しみました。それから数週間後、ヘンリーさんがお父さんと日夜言い争いをしているという噂が流れました。それは単なる噂ではなく、確かな事実でした。やがて口論は、ますます激しく頻繁になりました。ただ奇妙なのは、誰ひとりその原因がわからないという点です。そうこうするうちに……十一月の末、ホワイトさんが襲われました。殺されかけた、と言ってもいいでしょう。ホワイトさんが助かったのは、まさに奇跡的だったのですから……犯人ははっきり殺意を持っていたのです！　そして、まるで偶然の一致であるかのように、ヘンリーさんが失踪した点にも注目しましょう」

ドルーはすばやく聴衆を見まわすと、辛辣な口調で続けた。

「まだおわかりになりませんか？」

その問いかけに、沈黙が応じた。

「なるほど。それならはっきり言いましょう。ヘンリーさんには母親の死がどうしても受け入れられませんでした。そこで誰かに、その責任を取らせたいと思ったのです。大好きだったお母さんが亡くなった直接の責任は、父親が車のハンドルを切り損ねたことにあります。父親こそ責任者だ。だから彼も死なねばならない。罪は罰せられねばならない。そう考えたのです。ヘンリーさんは父親をたえず責め続けました。毎日のように始まる激しい口論の末、ヘンリーさんは父親の頭を鉄のバールで打ちつけてしまったのです。てっきり死んだものと思い、ヘンリーさんは逃げ出しました。友人のボブ・ファーのもとへ行き、イギリスを逃れてアメリカへ渡ろうと説得しました。一週間後、二人は出国しましたが、そのときパディントン駅で待ち合わせをしていたのです。まったくの偶然から、二人は同時に目撃されました。ひとりはオックスフォード駅で、ロンドン行きの列車に乗るところを、もうひとりはロンドンのパディントン駅で友人を待っているところを。二人はそっくりの顔をしていたので、ヘンリーさんには分身の技があるのかと思われてしまったのです！

ホワイトさんは、襲われる直前、死体をかついでいる人影が森にむかうのを見たと供述していますが……息子を庇うために、そんな珍妙な話をでっちあげたのでしょう。森を捜索しても、死体なんてまったく見つからなかったという事実が何よりもの証拠です」

ドルーは両手の拳を腰にあて、ぐっとふんばって皆を見つめた。そして何か意見が出るのを待っていた。背後でちろちろと揺れる炎が、逆光のなかに黒く浮かびあがった痩せぎすの人影に、赤い反映を投げかけている。顔にひろがる皮肉っぽい表情が、そのせいでいっそう際立って見えた。

ヴィクターは平然としていた。エリザベスはジョンの腕に逃げ込んでいる。アリスは恐怖に凍りつき、爪が刺さるくらい強くパトリックの腕を握りしめていた。そのパトリックも、妻と同じくらい怯えているようだ。アーサー・ホワイトは肘掛け椅子のうえで体をすくめ、呆然としていた。何か言い返そうと唇を動かすものの、声にはならなかった。

ヘンリーが主任警部に飛びかかればいい、とぼくは思っていた。けれどもそうはならなかった。わが友は落ちつき払って、その顔にはまったく動じた様子はない。

「あなたの推理はすばらしいですよ、主任警部さん」とヘンリーは話し始めた。「けれども、お忘れになっては困ります。ボブ・ファーはアメリカ人で、当時はもちろん自分の国で働いていました。確かめていただければわかるでしょう……だいいち、あなたがまだそれを調べていないとは驚きですね……」

ドルーは痛いところを突かれて青ざめ、大声でこう言った。

「それではオックスフォードとロンドンで、同時に目撃されたことはどう説明するんですか？　さあ、何とか言ったらどうです！」

ヘンリーはうつむき気味になって答えた。

「ぼくは警察ではありませんからね。説明のしようもないですよ」

ドルーは獣のように歯をむき出して笑った。

「そうでしょうとも……はったりはおやめなさい。ボブ・ファーの殺人に、話を進めましょう。この事件を取り巻く奇怪な状況も、犯人はあなたしかいないということをはっきりと示しています。こんな殺人を犯すことのできる人間が、あなたをおいてほかにいるでしょうか！

あなたはご友人のボブ・ファーと、アメリカの町を公演してまわっていたんですよね。ちなみに申しあげれば、あなたがたの脱出芸は、フーディーニほどのものではありません。そっくりさんを使っているだけですから」

ヘンリーはぶるぶるっと身震いした。主任警部の舌鋒にも、表面は平静を保っていたけれど、奇術師としての才能を皮肉られて、大いに傷ついたに違いない。

「そのうちあなたは、父親がまだ生きていることを知ったのです」とドルーは辛辣な口調で続けた。「それなら、もう一度やってやろう。そう思ってあなたは密かに復讐の計画を練り、ボブ・ファーといっしょにイギリスに帰ってきました。当初の計画がどうであったかは詳しくわかりませんが、基本的な方針についてはご説明できます」そう言ってドルーは、ヘンリーを糾弾するかのようにぐっと指さした。「あなたは父親が実の息子を殺した罪で、裁かれるように仕組んだのです！　まずはボブ・ファーを殺害し、その死体を自分だと見せかける。たしかにホワイトさんを除いて、みんなまんまと騙されました。次にその罪を父親になすりつけるのです。けれども、ことは計画どおりに進みませんでした。

あなたがどういう口実でボブを連れてきたのかはわかりません。でも、それはどうでもいいことです。事件の二、三日前、あなたとボブは闇に乗じてダーンリーさんの屋敷に忍び込みました。外壁をよじのぼるなど、軽業がお得意の二人にはたやすいことです。そして屋根裏の物置で、準備にかかりました。あなたが帰ってきたことは、誰も知りません。そこであなたは物陰から皆の様子をうかがっていたところ……耳寄りな会話を聞いてしまったのです。ダーンリーさん、父親のホワイトさん、それにラティマー夫妻が、呪われた部屋で霊の実体化実験をするというのです！　願ってもない機会でした！　ラティマーさんが封印された部屋に入り、お父さんが三十分ごとに異常がないかを確かめる。この状況をいかに利用すべきか、あなたはすぐに把握しました。狡猾な考えが心に芽生えました。パトリック・ラティマーを厄介払いし、ボブを殺してその死体を封印した部屋に入れておく。お父さんがドアをノックしても返事がなければ、異変がないか確かめようとするはずです。ドアを開けるには、封印をはがさねばならない……すると目の前には、息子の死体が！　きっと彼は、殺人の容疑で逮捕されるでしょう。こうして裁きがなされるというわけです。

これが筋書きでした。あとはそのための策を講じることです。トリックを考え出さねばならない、今すぐに。そしてあなたは、見事に答えを出しました！　ところが、ちょっとした手違いから、すべてがふり出しに戻ってしまいました。ドアを叩いても返事がなかったとき、お父さんはほかのみんなを呼びにいってしまったのです。封印は多くの証人が見ている前で破られることになりました。ですから死体が見つかっても、お父さんに殺人の罪を着せられません。その結果、ボブ・ファー殺しは奇怪な様相を呈することとなったのです。

ところで、あなたはどうやってこの離れ業をなし遂げたのか、その方法を見てみることにしましょう。九時、みんなは居間にいます。あなたは友だちのボブと、屋根裏部屋のひとつに隠れていました。ボブを殺害したのはこのときです。死体をそこに残したまま、あなたは一階に降り、ハンガーに近づくパトリック・ラティマーを殴って気絶させました。そしてコートの襟を立て、フエルト帽を目深に被ってみんなのところへ行ったのです。封印された部屋でひとりになると、小墨に入った赤い液体をコートに注ぎ、作り物のナイフをそこに取りつけます。あなたはプロの奇術師ですからね、そうした小道具は持ち歩いているでしょう。それから床に転がり、体の下で組んだ腕の先を片方だけはみ出させます。ここが大事な点でしてね。あとは待つだけです。

その様子が目に浮かびますよ。あなたは階段をのぼるお父さんの足音を聞きながら、じっと横たわっている。指が木の扉を叩く。少し沈黙があったのち、足音は遠ざかる。それから、もっとたくさんの足音がやって来て、ドアが開かれる。あなたは背中に舞台用のナイフを立て、床に寝そべって死んだふりをしている。隣の部屋には、本物の死体、ご友人のボブの死体があるのです」

ドルーはそこでひと休みし、ポケットから例のゴムボールを取り出した。得々とした顔でしばらくそれを眺め、皆に示しながら大袈裟な口調で続けた。

「ここで先ほどの小さなボールが、一役買うことになるのです！　けれども、いささか詳しい説明が必要でしょうな」彼は嫌味ったらしくそう言うと、フーディーニの本を取って、手の平でぽんぽんと叩いた。「前にも言いましたように、この事件を説明するすべての鍵がここに書かれているのです」

ドルーはページをめくり、お目当ての箇所を見つけると読み始めた。

「しばしば魔術師たちは、脈拍を制御する能力の驚くべき実演からショーを始めた……任意の証人に脈を取らせ、証人の指示どおり脈拍が一時的に止まることを確認させるのである。この奇跡は長年にわたり驚異の的であったが、あるときフーディーニはイカサマ師のひとりを前に、こう言った。それほど楽々と肉体を制御できるならば、脈拍を早めたり緩めたりもできるはずだ。そのほうが、明らかな証明になると……この狡猾な提案に応ずることができず（さもありなん）、ニセ魔術師はすごすごと退散するほかなかった。以来、脈拍の制御はミュージックホールで演じられなくなった。脈拍を一時的に止めるのは、誰にでもできるのだと知れわたってしまったからだ。脇の下に小さなゴムボールを挟み、ぐっと押しつければ、腕の動脈に流れる血液を何秒かの間止めることができるのである……」

ドルーの顔つきが一段と厳しさを増した。彼は話に重みを持たせるかのように、ゆっくりとした口調になった。

「何が起こったのか、もう全員おわかりのことでしょう。床に横たわっている男が死んでいるのを、どうやって確かめたのか？　ホワイトさんが脈のないことを確認しました……それもそのはずです。ニセの死体は脇の下にゴムボールを挟んでいたのですから！　ありふれた小さなボールを！

そのあとのことは、容易に想像がつきます。惨劇の目撃者たちはびっくりして居間に降り、警察に通報します。別の部屋をのぞいて見ようなんて思う人は誰もいません。もちろん、死体を見張ろうなんて思う人も。犯行現場で何をしようと、ひと目につくことはありません。犯人は起きあがって、隣室にあったボブの死体を運び出し、自分が横たわっていた場所に置きます。これで手品の一丁あがり……というわけです」

われながら見事な説明だとうぬぼれ顔で、ドルーは皆を見まわし反応をうかがった。ずっと戸口に待機していた二人の部下を呼び寄せ、それからヘンリーに話しかけた。

「悪いことは言いませんから、罪を認めなさい。確約はできませんが、きっと陪審員もその点を斟酌して……」

「主任警部さん！」アーサーが椅子から立ちあがり、猛然と食ってかかった。「あなたはどうかしてる！　あなたの言い分はおぞましいだけじゃない、間違った推理に基づいてます。わたしが脈を取った男は、たしかに死んでいました！　手首は冷たかったんです！　長年医者の仕事をしてましたから、生きているか死んでるかの区別くらいつきますとも！　主任警部さん、あなたの心理学とやらについては、いずれ上層部内で問題になりますよ……しっかり憶えておくことですね！　今のお話は、わが家に対する侮辱です……さあ、帰ってください！」

問答無用とばかりに、彼はドアを指さした。

「父さん」とヘンリーが口を挟んだ。「そうむきにならないで。主任警部は職務をはたしているだけなんだから」

ドルーは啞然として、耳を疑った。そして面食らったようにヘンリーを見つめた。恐ろしい罪を告発した相手が、自分を擁護してくれたのだ。

「主任警部さん」とヘンリーは落ちつきはらって続けた。「あなたの論証は見事でした。拍手をおくりますよ。もちろんぼくも、ゴムボールのトリックは知っていましたけど……友人のジェイムズに試してみようと思ったこともあるくらいで」ヘンリーはいたずらっぽく、ちらりとぼくを見た。「ええ、主任警部さん。あなたの推理はすばらしい。実に独創的です」こう言って、彼はドルーの目をまっすぐ見つめた。「ぼくがボブを殺した張本人だと、ずっと思ってきましたね！　とんでもない、ボブは親友でした。彼に危害を加えようなんて、一度も思ったことはありません……

それにボブが殺されたとき、ぼくはまだアメリカにいたんです。劇場仲間のパーティーに行ってました。親しい友人がたくさん来てましたよ。だからぼくとボブをとり違えたりはしません……連絡先をお教えしますから、ご自分で確かめてください。ぼくがパーティーに出ていたと、はっきり証言してくれるはずです。それに翌日の朝には、市長と会って……」

「わかりました」とドルーは気を取りなおすように言った。「確認してみますよ、必ず」

それだけ言うと、ドルーは背筋をぴんと伸ばして帰っていった。うろたえながらも、必死で面目を失うまいとしている。あとに続く二人の部下は、世界に名だたるイギリス的冷ややかさを保つのに一苦労していた。ぺちゃんこにやり込められた上司を見て、いつも偉そうに見下されている恨みを晴らしているのだろう。

V 不可解な犯罪

三日後、ドルー主任警部が再びホワイト家にやって来て、とおりいっぺんの謝罪をしていった。ヘンリーの疑惑は、すべて晴れたのだ。信頼にたる多くの証人が、彼のアリバイを証言した。ヘンリーは事件のあった翌朝にアメリカを発ったのだ。イギリスへむかう飛行機のなかで彼が演じたすばらしいカード手品を、よく憶えている乗客もいた。ヘンリーがオックスフォード駅とロンドンの駅で同時に目撃されたころ、ボブ・ファーがイギリスにいなかったこともはっきりした。その前日、ボブは盲腸の手術をして、ワシントンの病院に入院していたのだ。

こうして、謎は何も解決されずじまいとなった。ボブ・ファーは正直で素朴な好青年で、家族もなければ、財産もない。殺されるような動機は、まるでありそうもなかった。捜査の結果、ボブは事件の一週間前に、生まれて初めてイギリスに来たこともわかった。オックスフォードのホテルで四日間を過ごしたあと、足取りを絶っている。

ヘンリーを除けば、はっきり言ってみんなボブの死をあまり悲しんでいなかった。誰も知り合いではなかったから。けれども、心に受けた衝撃は大きかった。ヴィクター・ダーンリーの屋敷には血に餓えた怪物が住むと信じる者もいれば、危険な狂人があたりを徘徊しているのだと怯える者もいた。恐怖が村を襲い、日が暮れるとみんな武器を用意して家に閉じこもった。ラティマー夫妻はとても動転して、もう出ていきたいと申し出た。アリスはすっかりやつれてしまった。ある晩など、恐ろしい神経の発作を起こして、パトリックがあわてて医者を呼んだほどだった。

ボブ・ファーが殺されてからちょうど二週間たった、十二月最初の土曜日のことだった。ぼくはヘンリーとジョンを誘い、わが家で一杯やることにした。その晩は両親が出かけていたからだ。

「それじゃあ、ジョン、今夜は奥方殿の特別許可がおりたってわけか？」

ジョンは微笑んでグラスの中味を見つめると、こう答えた。

「九時まではね。でも心配ご無用。時間が過ぎたって、あのエリザベスがひとりでここまで迎えに来るはずないから……」

ぼくらはエリザベスの健康と、稀に見る寛大さに乾杯をした。

居間の柱時計が鳴って、九時半を告げた。ジョンは時計の文字盤に目をやった。

「思うに、そろそろ電話がかかってくるころだな」と彼は皮肉っぽく言った。

ヘンリーは笑みを浮かべた。友だちのボブが死んだのはショックに違いなかろうが、ここ数日、彼は悲しみを乗り越え、落ちつきを取り戻したようだった。

「すばらしいね、このコニャックは」とジョンが真面目くさった声で言った。「残念ながら、そろそろからになりかけてるが……」

それをさえぎり、ぼくは言った。

「ところでヘンリー、ぼくらに説明してくれても……」

コニャックのおかげで、その晩はとても和やかな雰囲気だった。三人とも陽気だった。ジョンは恐妻から逃れてくつろぎ、ヘンリーも昔の明るいヘンリーに戻っていた。いくらか謎を解明するには、絶好の機会だ。

「三年前、ぼくがオックスフォード駅で会ったのは、たしかにきみだったんだろ？　もしそうなら、ラティマー夫妻が見たというそっくりさんは、何者だったんだ？　ボブ・ファーでないことは、もうわかっているし」

ぼくが残りのコニャックを注ぐと、ヘンリーは口を開きかけた。けれどもしばらく考えて、こう言った。

「もう少し待ってくれ。いずれ説明するから……いずれ」

「双子の兄弟でもいるのか？」

「あるいは、ボブが双子かだ！」なかなかいい思いつきだとでもいうように、ジョンが口を挟んだ。

ヘンリーは嘲るような笑みを浮かべ、首を横にふった。

「まるでわかってないな。まったく驚きだよ、誰も気づかないなんて。明々白々じゃないか、こんなささいな謎……」

沈黙があった。

ジョンは考え込みながら煙草に火をつけた。

「ささいな謎か、ささいな謎……そういえば、足音に関するささいな謎もあったよな？　きみのお父さんが襲われた謎も……ボブが殺された謎なんてどうでもいい。これも論ずるに値しない、ささいな謎だっていうのか……封印された部屋での殺人なんて……わざわざ取りあげるまでも……」ジョンはそう言って少し間を置いた。「ヘンリー、もしかしてきみには、こうしたささいな謎の張本人がわかっているんじゃないのか？　つまり……殺しの犯人が」

ヘンリーはしばらくじっとジョンの顔を見つめた。その目は、ただならぬ光を放っている。

「ああ、犯人はわかっている」とヘンリーは認めた。

「だったら、ヘンリー、だったら……」とジョンは叫んだ。「警察に知らせなくては……本当に……間違いないなら……殺人者はまだここらにいて、次の犯罪を……」

ヘンリーはコニャックをひと口飲むと、唇を舐めた。

「いいや、それはないだろう」と彼はほとんど聞こえないくらいの声で言った。いくらすぐれた手品師とはいえ、予知能力まであるわけじゃない。このあと起きた恐ろしい悲劇を、どうして彼に予測出来たろう？

電話のベルが鳴った。

「ぼくが出る！」そう言ってジョンが立ちあがった。「きっとエリザベスだ。いいかげんに帰って来いっていうんだろう」

ジョンは玄関に面したドアのほうに、すたすたと歩いていった。ジョンが部屋を出ると、ぼくはヘンリーに訊ねた。

「ラティマー夫妻はもう引っ越したのかな？」

「たぶん、昨晩のうちに……」

「変だな……うちに挨拶にも寄らないなんて……」

「今朝ダーンリーさんが来て、教えてくれたんだ。引越しは今日の予定で、ラティマー夫妻は昨日一日中荷物をまとめていたけれど、今朝ダーンリーさんが起きてみると、もう出発したあとだったそうだ……もちろん、荷物も車もなくなってた。ダーンリーさんはぷりぷりしていたな。〝信じられん！　ひと言の挨拶もなく、夜中のうちに出てってしまうなんて！　礼儀をわきまえた人たちだと思っていたのに！〟ってね」

「だったら、出発は夜中の十二時ごろだな。なかなか寝つけなくてね。ちょうどその時間に、車の音が聞こえたから」

「ぼくも聞いたよ」とヘンリーはうつむいて言った。

「それにしてもおかしいな。そりゃ、アリスは神経過敏になってたけど……真夜中にこっそりと立ち去るなんて……」

ジョンが大声で話しながら戻ってきた。

「三十分だってさ！　交渉は一苦労だったけど、三十分の延長を勝ち取ったよ」

「女性の扱いは慣れたものだからね」とぼくは小声で皮肉っぽく言った。

けれどもジョンには聞こえなかったらしい。こちらにやって来る途中に窓辺で立ちどまり、カーテンを開いた。

「もう雪は止んだようだな。十センチは積もってる……なかなかの絶景だぜ！　漆黒の空に浮かぶ月、真っ白な雪化粧……」

ヘンリーは大きく咳払いをすると、からになったグラスを置いた。

「雪が降るとおかしなことに、やたら喉が渇くんだよ、ジョン」

卑怯にも戦場を見棄てたコニャックを前に、ぼくらはスコッチの援軍を頼んだ。かくして父の棚から、オールド・ウイスキーのボトル一本が消えたのだった。見るからに心そそられる逸品だ。すばらしい雪景色を称え、三人でグラスを掲げた。

やがてぼくたちは〝ハッピー・バースディ〟を歌い始めた。理由なんかないけれど、気分がのっていたからだ。歌に合わせて柱時計が時を打つ。十時を打ち終えたところで電話が鳴った。

「出てくれよ、ヘンリー。またエリザベスだったら、誰もいないって言ってくれ」

ヘンリーは笑ってうなずくと、居間を出ていった。

数分後、彼は目を輝かせ戻ってきた。

「誰だった？」

「きみの恋人さ、スティーヴンズ君」

ジョンはびっくりして、ぼくの顔をまじまじと見た。それからいきなり立ちあがり、夢中になって握手をしてきた。

「よかったじゃないか、ジェイムズ。ちっとも知らなかったよ……」

「でも」とぼくは口ごもった。「恋人なんて……」

「少し遅れるそうだよ、ジェイムズ」とヘンリーは落ちつきはらって続けた。「でも心配はいらない。思ったよりも長くダンナに引き止められたので……」

「何だって、人妻なのか！」とジョンは目を丸くして叫んだ。「驚いたな！　これをベティが知ったら……」

ヘンリーは暖炉に近寄った。燃えさかる炎に、すっかり見とれているようだ。その背中を眺めながら、ぼくは思った。ヘンリーのやつ、腹のなかで笑っているんだな。彼に騙されたのだと、すぐにぴんとこなかったのは、ぼくもよくよくうかつだった。

ジョンもようやく気づいて、腹を抱えて笑い出した。

「ハハハ、そんなことだろうと思ったよ。ああ、おかしい！」

「悪かったね、ジェイムズ」ヘンリーはこちらをふり向き、わざとらしく謝った。「間違い電話だったんだ。どうしても、ちょっといたずらしてみたくなって。悪気はなかったんだ、嘘じゃない」

それからまた、ヘンリーは火を見つめた。

ジョンはまだ笑いこけていた。

「恋人だってさ！　アハハ！　まさかね！　もうだめだ、おかしすぎる！」

「それじゃあ、何かい！」とぼくはむっとして言い返した。「ぼくに恋人がいちゃいけないっていうのか？」

「あたりまえさ、ジェイムズ、あたりまえさ」とジョンは笑いながら言った。

ここはひとつ友情をこめて肩でも叩かねば、とジョンは思ったらしいが、ぼくの怒りはいや増すばかりだった。それでも最後には、つられてぼくも笑い出してしまった。それじゃあ、人妻を籠絡したその男に乾杯だ、とぼくが言うと、二人も快くグラスを掲げた。

柱時計が十時十五分を告げた。

「しまった！　もう行かなくちゃ」とジョンが大声をあげる。

「あと十分くらいいいじゃないか。エリザベスだって、とって食いやしないよ。さあ、もう一杯行こう！」

「だめ、だめ！　楽しかったよ、ジェイムズ……じゃあ、また、ヘンリー」

出ていくジョンの背後で閉まったばかりのドアを、ヘンリーはじっと見つめていた。それから急に手の平をぽんと叩くと、こう言った。

「ジェイムズ、チェスをやらないか！」

「いいだろう！　もう三年以上も、きみをこてんぱんにやっつけていないからな」

「それはこっちのせりふさ……」

ヘンリーは手ごわい相手で、めったに勝てたことはなかった。けれどもぼくはその晩、目にもの見せてやろうと心に決めていた。

十一時十五分前に対戦が終わり、ウイスキーのボトルもからになった。ぼくがしかるべく〝チェックメイト〟を宣言するのを、ヘンリーは落ちついて聞いていた。涼しい顔をして見えるが、腹の底は煮えくり返っているはずだ。そしてぼくが喜びを隠しているのも、しっかり見抜いているだろう。

「雪辱戦といくかい？」とぼくはさりげない口調で訊ねた。

ヘンリーはからのウイスキーボトルをちらりと見た。

「きみのお父さんの酒を、飲み尽くすわけにいかないからな。続きはうちでやらないか？」

「いいとも、陣地を選ぶのはきみだ」

ヘンリーは眉をひそめた。

「親父はもう寝ているかな……電話を借りていいかい？」

「もちろん」

ヘンリーは玄関にむかった。

「変だぞ」と戻ってきた彼は言った。

「電話に出ないのか？」

「何度もかけたんだが……初めは話し中で、次に普通に呼び出し音がするのに、誰も出ないんだ」

「心配ないさ！　きっと混線してるんだよ」

「そうかもしれないけど」とヘンリーは不安そうに言った。

ぼくは背筋がぞくりとした。今夜ずっと、わざと陽気にふるまっていたのが、一気に吹き飛んでしまった。

「見に行ってみようか？　どっちみち、きみも恨みを晴らしたいだろうし」

「恨みを晴らすだって？　ああ、そうだった、チェスのことか。よし、行こう」

ヘンリーはそわそわしている様子で、いらだたしげに煙草に火をつけた。二人はグラスをかたづけ、灰皿をからにすると、コートをはおった。そして家を出ようとしたとき、時計が十一時を打った。

ドアを開けると、身を切る冷気がぼくらを襲った。煌々と照らす満月に、星さえかすんで見える。一面の雪景色が、月明りに浮かんでいた。降り積もった雪のせいか、あたりは静まり返っていた。

ヘンリーは周囲に視線を走らせ、ゆっくりと顔をあげた。そしてぼくの手を取り、陰鬱な声でこう言った。

「ジェイムズ、月が赤い……」

どうしてそんなことを？　ぼくは驚いてヘンリーの顔をまじまじと見た。真っ青で、目が据わっている。

「ヘンリー？　大丈夫か？」そう言って、ぼくは彼の体をゆすった。

「血のような赤だ……」

「何言ってるんだ？　月は銀盤のようじゃないか」

「ああ……そうかもしれない……でも、あの月が恐いんだ……」

「恐いだって？」

「そうさ」ヘンリーの声は少し強まった。「満月には危険な魔力があるんだ……とりわけ、弱い人間、病的で異常な人間にとって……人殺しにとって！　殺人者はもう襲ってこないだろうなんて言ったけれど、ぼくは間違っていたのかもしれない」

ぼくらは、恐怖に慄く視線を交わした。同じ考えが二人の脳裏をかすめる。そう、アーサーは電話に出なかった！

さくさくと雪を踏みしめるぼくらの足音だけが、夜の静けさのなかに響いた。幸福な子ども時代の思い出が、一瞬心によみがえる。滑り止めのついた大きな靴で、新雪を踏んではしゃぎまわったっけ。されど去年《こぞ》の雪、今いずこ？　われらが安穏たる青春は今いずこ？　今夜、再び悪が徘徊し始めた……

屋敷の近くまで来たとき、左側から人影が飛び出してきた。ヴィクターだ！

「ダーンリーさん！」とぼくは叫んだ。「この寒いのに、そんなパジャマ姿でどうしたんです？」

ヴィクターはパジャマのうえにコートを羽織っただけで、ボタンをかける余裕もなかったらしい。表情が歪んでいる。

「人殺しだ！」ヴィクターはホワイトの屋敷を指さし、震え声で言った。「やつがまた凶行を……数分前にアーサーから電話があって……撃たれたらしい！　きっと大怪我を負っているぞ……医者と警察にはもう電話した」

ぼくたちはアーサーの屋敷に急いだ。

鉄柵の門の前で、ぼくは手をあげて皆を留めた。

「気をつけて！　犯人はまだなかにいるかもしれない……ほら！　足跡が残っていないから！」

玄関前の階段も、屋敷を取り巻く小道も、一面の新雪に覆われている。それにわが家を出てからも、足跡はまったくなかった。白く広がる雪のうえを歩くのは、ぼくたちが最初なのだ。

ヘンリーは顔を曇らせ玄関の前まで行くと、呼び鈴を押した。けれど返事を待たず、ポケットから取り出した鍵を差し込む。玄関に入ってヘンリーが明りをつけると、数歩前の床に点々とする血痕が目に入った。

「父さん！」とヘンリーが呼んだ。

返事はない。

「ダーンリーさんはドアを見張っていてください」とぼくは言った。「犯人が逃げようとするかもしれません……」

「わ、わかった、大丈夫だ」とヴィクターは恐怖に青ざめながらも答えた。

ヘンリーは父親の部屋にむかった。部屋のドアを開けると、暗闇のむこうに薄明りが見えた。光は居間から漏れてくるらしい。ぼくはそちらに走った。

居間のドアは開いていた。間違いない。窓際の小さなスタンドがついている。電灯のスイッチを入れ、明るい光のもとで居間を静かに検分した。床やカーペットにも血痕がある……電話の受話器はおりていて、そのまわりも血だらけだった……

ヘンリーも居間に入ってきた。

「ベッドに血の跡があって……床に銃が落ちていた……でも、父さんの姿がないんだ！

ほかの部屋も見てこよう……」

急にヘンリーの声がやんだ。彼は目を大きく見開き、肘掛け椅子を指さしている。背もたれの陰から、髪の毛がはみ出して見えた。

胸が締めつけられるような思いで、ぼくは肘掛け椅子に駆け寄った。パジャマ姿のアーサーがぐったりとすわりこんでいる。左の耳はぐちゃぐちゃになって、血にまみれていた。唇は……唇はまだ動いている！

「ヘンリー！　生きてるぞ！」

「父さん！　ぼくですよ！　さあ、動かないで……大丈夫、今お医者さんが来ますから」

午前三時。

ドルーは意気消沈し、電話の脇の椅子に腰かけ煙草をふかしている。髪をかきあげ、深いため息をついて、こう言った。

「もう一度、最初から確認してみましょう……今のところ、ほかに手はありませんし。それではダーンリーさん、十一時十五分前ごろ、ホワイトさんがあなたに電話をかけてきたのですね。電話の内容を繰り返していただけますか？」

「たしかこうだったと思います。〝人殺しだ……ああ、頭が……物音が聞こえて……目を醒ましたら……人影が見えて……銃で撃たれた……痛いんだ、ヴィクター……早く来てくれ……死にそうだ、早く、早く……〟」

「ちょうどそのとき」とヘンリーが締めつけられたような声で言った。「ぼくも父に電話をしたんです……もちろん、話し中でしたけど。そのあと、もう一度電話したら、今度は誰も出ませんでした……ああ、神様、父が助かりますように！」

「事件の経過は容易に想像がつきますね」とドルーは言った。「犯人はホワイトさんが眠っているところを襲い、頭めがけて銃を撃ったのです。銃弾は犠牲者の耳のところにあった。銃についていた指紋と、ホワイトさんの指紋の照合はまだ済んでいませんが、犯人は意識を失ったホワイトさんに、銃を握らせたはずです。自殺に見せかけるために。凶器は被害者自身の銃である点にも留意しましょう。わたしの推理からすれば、これも明白なことですよ」

「ボブ・ファーが殺されてから、父は枕もとに弾を込めた銃を置いていました。しかも犯人は、それを知っていたことになる……」

「では、誰がそれを知っていましたか？」とドルーは即座にたずねた。

「ぼくの口からはお答えしかねます」ヘンリーは困ったように言った。「知り合いを犯人扱いすることになりかねませんから……」

「わたしは知っていましたよ」とヴィクター・ダーンリーがきっぱりと言った。

「ぼくも知ってました。でも、ほかにもたくさんいるはずですよ……ぼくの両親や妹、ジョン、ラティマー夫妻や……」

「少なくとも、容疑者の人数は限られるわけですな」とドルーは言った。「ともあれ、偽装工作が済むと、犯人は現場を後にしました……」

「でも主任警部さん」とぼくは声を張りあげた。「それはありえません！　足跡がありませんでしたから……」

ドルーがじろりとにらみつけるものだから、ぼくは黙ってしまった。

「けれどホワイトさんは死んでいませんでした」とドルーは話の先を続けた。「重傷を負いながらも居間までたどり着き、ダーンリーさんに電話をかけたのです。それが十一時十五分前。それからまた力をふり絞り、肘掛け椅子にすわりました。ええ、事件の流れはこんなところでしょう。床に残された血の跡が、ホワイトさんのたどった道筋をはっきりと示しています」ドルーはそこでひと息ついた。「すべては明々白々です。一点を除いては……犯人はどこへ行ってしまったのでしょう！　すでに二度にわたり、屋敷中を調べてみたのに……手がかりなしです！　雪がやんだのは九時ですし、ホワイトさんの傷は九時よりあとに負ったものです。それは警察の医師が断言しています。それなのに、屋敷周辺の雪には足跡がない……もちろん、入り口付近にあった、あなたがたの足跡は別ですがね」

「裏庭に面したドアは開いていましたけど」とヘンリーが指摘した。

「だから何だって言うんですか！」ドルーはむっとしたように言った。「あなたもご覧になったでしょう。外にはまったく足跡がなかったんですよ！　部下の者たちはまだ調べを終えていませんが、強力なライトの用意ができたので、おそらく……」

警官がひとり、どかどかと居間に入ってきた。

「何も見つかりませんでした、主任警部……手がかりなしです。信じがたいことですが。この方々の足跡が玄関前にあったのと、われわれの足跡以外、何も……すべて新雪に覆われています！　屋敷のまわりにも、窓のしたにも、屋根のうえにも、足跡はありません……これ以上捜しても無駄だと思いますが……」

「いいや！」とドルーは叫んだ。「とんでもない！　もう一度、上から下まで屋敷中を捜索するんだ！　犯人はどこかに隠れている。間違いない！」

わかりました、と言って警官は出ていった。主任警部は口を歪め、悪魔のような冷笑を浮かべた。

「わたしにお任せください。この汚らわしい輩を捕まえたあかつきには、五体満足で死刑台にのぼらせやしません！　化けの皮を引っ剥がしてやりますとも、絶対に。わたしはこの仕事で、まだ負け知らずなんです。今回だって……」

「あなたの意見には賛成できませんね」とヴィクターが言った。「あらゆる点から、明らかじゃないですか。一連の事件を引き起こしたのは、この世の者でないってことは。封印された部屋で殺されたアメリカ人……そして今度は、雪に足跡を残さず逃げ去った犯人です。まるで重力の法則に捕らわれていないかのように！　ええ、霊は存在しますとも。わたしがそう言うと、みんな哀れみの笑みを浮かべます。陰で笑われているのはわかっているんですよ。アーサーとラティマー夫妻は信じてくれましたが……」

「ラティマー夫妻は昨日の晩、急に引っ越してしまったんです」とぼくは言い添えた。

「しかもわたしに挨拶もなく」とヴィクターが恨みがましく言う。「まったく腑に落ちませんよ。親しいつき合いだったし、いつも愛想のいい二人だったのに……」

ドルーは驚いて眉をつりあげた。

「ラティマー夫妻が出ていったですと！　どういうことなんですか？　どこへ行ったんです？」

「まったくわかりませんね」そう答えたヴィクターの声には、深い疲労が感じられた。

「でも、どうして？」

「アメリカ人が殺されて以来、アリス・ラティマーはすっかり変わってしまって……何度も神経の発作を起こしていたんでしょう。ともかく、事件の現場から離れることにしたんです。恐がっていたんでしょう。引越しは今日の予定でしたが。いや、もう昨日だな」ヴィクターが腕時計を見てそう言った。「ところが一昨日の晩のうちに、誰にも告げずに出て行ってしまい……」

「妙だな、実に奇妙だ」ドルーは不審げに眉をひそめて言った。「これはどうも、捜索命令を出したほうがよさそうですな。思うに、そう遠くへは行ってないでしょう。二人のうちひとりは、ここにいたんじゃないですかね。ほんの数時間前に……」

ドルーが電話機に手を伸ばしかけると、先にりりんと鳴り出した。ドルーは一瞬凍りついたが、すぐにはっとして受話器をとった。

「ドルーだ、どうした？」

数秒のうちに、ドルーの顔が曇っていく。電話を切ったあと彼は煙草に火をつけ、いらだたしげに吸っては鼻から煙を吐き出した。そして額に手をあて、うつむきながらこう言った。

「ホワイトさんが亡くなったそうです……もう三十分早ければ、助かったかもしれません。重大な後遺症は残ったでしょうが、それでも……」

ヘンリーは頭を抱えて居間を出ていき、ヴィクターがそのあとを追った。

あたりが静まり返った。ドルーは煙草をもみ消すと、痛ましげに手をよじらせた。

「お友だちのヘンリーさんは、さぞかしおつらいことでしょう」とドルーは動転したように言った。「彼にはすまないことをしてしまいました。恐ろしい企みでお父上を陥れようとしたなどと、疑いをかけたりして……たった今、亡くされたお父上を陥れようとしたなどと。彼とフーディーニの類似点を探し出そうなんて、馬鹿げた考えでした。そこから彼の性格診断や心理分析をして、非現実的な結論を引き出してしまったのですから……ええ、はっきり認めましょう。自分が恥ずかしいですよ」

ドルーはずいぶんとショックを受けている様子だった。普段なら、誰にでもこんな告白をするような人間ではないはずだから。ぼくはドルーが気の毒になった。

「電話をかけてきた医者の話によると」と彼は続けた。「銃が撃たれたのは九時四十五分から十時三十分の間くらいだそうです。銃弾は脳に残っていました。左耳のちょうどうしろあたりから撃ち込まれ、衝撃で耳がちぎれています。もう少し早く連絡を受けていれば、助けられたかもしれません。あのいまいましい雪のせいで、病院に運ぶのがずいぶんと遅れてしまったうえ……」ドルーの顔から徐々に悲しみが消え、いつもの冷笑が取って代わった。「犯人は未だ自由に歩きまわっているのです。しかし、いつまでもそうはさせておきませんよ！」

ドルーは受話器を取って、どこかに電話をかけた。お休みなさい、とぼくに言ったところをみると、もう帰っていいらしい。ぼくは居間をあとにした。閉めたドアのむこうから、ドルーの声が聞こえる。

「捜索命令だ……アリスと……パトリック・ラティマー……金髪……上品そうで……四十歳代……」

VI　それでは……誰が？

　ヴィクターから話を聞いていた両親が、ぼくの帰りを待っていた。けれど驚きのあまり、二人とも大して問いただしもしなかった。ぼくはさっさと自分の部屋に行き、毛布にくるまった。ベッドのなかでも、休息や平穏は見いだせなかった。ぼくは一連の出来事による何とも不合理で恐ろしい状況について、あれこれ考えてみた。まずはボブ・ファーが殺され、今度はアーサー・ホワイトが殺された。二人のあいだに、共通点や関連性はまったくない。唯一、二人をつなぐのはヘンリーの存在だ。父親の死によって、ヘンリーはかなりの財産を相続することになる。けれども彼に、相棒や父親を殺せたはずがない。ボブ・ファーが殺されたとき、ヘンリーはアメリカにいたのだし、アーサー・ホワイトが撃たれた午後十時ごろは、ぼくやジョンといっしょに酒を飲んでいたのだから。つまり、物理的に不可能なのだ。ジョンは十時十五分に帰った……それじゃあ、ジョンが？　いや、違う。そんなはずない！　だいいち、動機が何もない。でも、もしかして……ヘンリーに対するかつての嫉妬心とか？　二つの殺人により、いやでもヘンリーは疑われる。彼が絞首台に吊るされるのを見とどけてやろうという卑劣な陰謀を、ぼくらは今目前にしているのではないだろうか？　そんな気さえしてくるのだった。

二つの事件が起こったとき、アリバイがなかったのは誰かを考えてみよう。まずジョンがいて……ほかにはエリザベスも？　あいつだって、容疑者のリストから外す理由はない。それにパトリックだ！　姿を消したパトリック！　ラティマー夫妻は、あわてて引っ越していった。しかも真夜中に。これはどう見ても不自然だ。夜中の三時半に早速捜索命令を出したということは、ドルーも疑惑を抱いているに違いない。しかし、共犯者がいたかもしれない！　だとすると、ヘンリー、アリス、ヴィクターも容疑者に加えねば。やれやれ！　こんなふうに可能性を追ってみたところで、密室の謎についてはまったく手がかりなしだ。悪魔のような殺人犯は、まるで壁を通り抜け、空を飛ぶ能力でも持っているようじゃないか。そんなの馬鹿げている。まったく馬鹿げた話だ。そもそも、事件の発端はどこにあったのだろう？　ダーンリー夫人の奇怪な自殺から？　不思議な足音から？　それとも、昏睡状態のアリスが伝えたホワイト夫人のメッセージからか？

もうひとつ、謎が残っている。アーサーが撃たれた銃声を、誰も聞いていないのだ。ヴィクターは熟睡していたので無理もない。けれども、ぼくとヘンリー、ジョンには、何か聞こえていたはずだ！　たしかに、ちょっとばかり飲みすぎてはいたけれど、耳鳴りがするほどではない！

答えの出ない問いが、ぼくの哀れな頭のなかにひしめき、もつれ合った。考えをまとめようとしても無駄だった。いくら理詰めで進もうとしても、すぐに不合理なところに行きあたってしまう。そしていつしか、眠気が襲ってきた……

……墓地にむかって、葬列がゆっくりと進んでいく……悲しく単調な弔鐘が、重く鳴り響いている……青白い顔をし、黒ずくめの服を着た四人の男が、棺を運んでいた。そのうしろに、喪服に身を包んだ者たちが見える。ヘンリーがいる。ヴィクター、ジョン、エリザベスも。パトリック、アリス、そしてぼく自身も！　まわりの野原から集まってきたたくさんのカラスが、悲しげな行列のうえを旋回している。なぜかカラスの群れは、にわかに乱れ始めた。ばたばたと激しく羽ばたきし、鋭い鳴き声をあげて、狂ったように逃げ出している。雲の合間から、黒っぽい生き物があらわれ出た。猛禽だろうか？　化け物だろうか？　それは憎しみのこもった目をした女だった。ぼろぼろの服を着て、空をひと飛びしたかと思うと、葬列に襲いかかってくる。そしてなかのひとりを糾弾するかのように、ぐっと指さすのだった……

翌日の昼前、友だちが来ているからと父に起こされた。急いで顔を洗うと、二日酔いの頭も少しすっきりした。昨晩の悪夢も雲散霧消したけれど、そのあとに待っている現実だって、五十歩百歩というところだろう。ぼくは居間に入った。

肘掛け椅子にすわっていたヘンリーが立ちあがって、こちらにやって来た。ぼくらは黙って固い握手を交わした。

ヘンリーは黒っぽい服を着ていた。顔は青ざめ、悲しげな目をしていたけれども、落ちつきは取り戻しているようだった。母親が死んだとき、何週間も泣き続けていたころとは違って、不幸にしっかりと耐え、試練に立ちむかう一人前の男になっている。

ヘンリーにはもう、ぼくしかいないのだ。ぼくはずっと彼の親友だった。ほとんど兄弟と言っていいくらいに。幸福な子ども時代から、いっしょに育ってきたようなものだ。学校では席を並べ、遊びもいたずらもおやつを食べるのもいっしょだった。ぼくひとりでも、ヘンリーの家族代わりになれる。友情と信頼のこもった眼差しを見ただけで、はっきりそうわかった。

父が咳払いをし、さりげない口調でこう言った。

「ヘンリーには、しばらくうちに泊まってもらうことにしたよ。エリザベスが使っていた部屋があいているから。もう着ない服を詰めたダンボール箱が場所ふさぎになっているので、屋根裏に運ばなくてはな。持っていくよう、エリザベスにはずっと前から言っているのに！」

ぼくも大喜びで同意した。感動場面は早めに切りあげようと、父は陽気な口調で訊ねた。

「コニャックでもどうかね？　返事はどうした？　沈黙は同意のしるしだ！」

父はサイドボードを開けた。あとに続く沈黙を、父が最初に破った。

「何てことだ！　コニャックのボトルがからじゃないか！　それならこっちで我慢するしか……驚いたな！　一滴のウイスキーも残ってないぞ！」

ヘンリーは口もとに微笑を浮かべ、ぼくを見た。そして口を開きかけたけれど、ぼくは黙っているよう合図した。

父はまだ話し続けている。

「わたしの健康を口実にして、愛するわが細君がサイドボードから酒瓶を抜き取ることはあったけれど……今度は中味だけを移し替えたのか！　こんな仕打ちは断じて許せんぞ。職権乱用じゃないか。無礼千万なふるまいの張本人には、今すぐはっきりと話をつけてやる」

父は精いっぱい胸を張って部屋を出ていった。

「ちょっと待ってろよ」とぼくはヘンリーにささやいた。

急いで自分の部屋に行き、予備に取っておいたウイスキーのボトルを持って居間に戻った。

「ジェイムズ！　まさか、きみは……」とヘンリーが叫んだ。

「そうさ」とぼくは答え、サイドボードを開けた。

前の晩、ぼくらがあけた二本のボトルに、持ってきたウイスキーを注ぎ入れ、からになったボトルをうしろに隠しながら、間一髪でヘンリーのわきに戻る。

その瞬間、ドアが開いて、父が母の手をしっかり引いて入ってきた。母は啞然としている様子だった。父はサイドボードの扉を開けると、母を恐ろしい目でにらみつけながら、聞いたこともないような声でこう言った。

「コニャックとウイスキーのボトルをからにしたのは誰だね？」

母は戸惑ったようにサイドボードを見やると、いぶかしげな目で父をじっと注視した。「エドワード」と母は口ごもって言った。「眼医者に看てもらったほうがいいわよ……」

横目でヘンリーを見ると、吹きだしそうになるのを必死でこらえている。思ったとおり、大成功だ。

「眼医者だって？」父はむっとしたように聞き返した。「スティーヴンズ家直系のわたしが？　わが家の人間は、誰ひとり眼鏡なんかかけとらんかったぞ！　祖父だって九十八歳まで長生きしたけれど、生涯……しかし、どうして眼医者なんだね？　わたしの視力が弱りかけている兆候でもあると言いたいのか？」

母は問題のボトル二本をサイドボードから無言で取り出すと、父の目の前にどんと置いた。それを持ちあげて検分した父は、まさかという顔で身をこわばらせた。

母はさっさと踵を返し、こう言った。

「食事の支度ができてるわよ。席についてちょうだい」

二本のボトルを呆然と眺めている父を、母は出しなにもう一度ちらりと見た。

食事のあいだじゅう、父はあれこれ話題を提供して場を盛りたてようとしたけれど、ヘンリーは黙ったままだった。けれども食後のコーヒーが出るころになると、ヘンリーの舌も元に戻ってきた。ちょうど父はフーディーニと知り合いだったという叔父の話を始めたところだった。

「フーディーニと知り合いの叔父さんがいたですって？」とヘンリーは感心して言った。

父はうまそうに葉巻をふかしながら、もの思わしげに天井を眺めた。

「リチャード叔父さんは新聞記者でね」としばらくして父は言った。「アメリカに渡って、シカゴの何とかという新聞社で働いていたんだ……名前は忘れてしまったな……ずいぶん昔のことだから。

フーディーニは、脱出芸で目覚しい成功を収めたばかりで、リチャード叔父さんは取材に出かけたんだ。それが縁で、二人は親しくなってね」

どうも眉唾めいた話にびっくりして、ぼくと母は父の顔をまじまじと見た。リチャード叔父さんの名を聞くのは初めてだった。もしかして父は、ヘンリーの気を引こうとしてこんな作り話をしているんじゃないだろうか。

「イギリスに戻ってくると」と父は続けた。ヘンリーが関心を示しているものだから、見るからに満足げだ。「リチャード叔父さんはよくフーディーニの話をしていたよ。驚異のフーディーニ！ 脱出王！ 空前絶後の男のことを！」

ヘンリーはじっと聞き入っている。

「おまけに、かのフーディーニにはなかなかユーモアのセンスもあってね」父は夢見心地の笑みを浮かべて言った。「リチャード叔父さんは思い出話をするたびに、笑いころげていたもんだよ。そうそう、フーディーニが犬の品評会に招かれたことがあって、叔父さんもいっしょに来て欲しいと言われたそうだ。行ってみると、年配のご婦人方がきれいなワン公を自慢げに見せ合っていた」

ここまでくると、さすがにもう間違いない。父は話をでっちあげているんだ。こういうやり方は、いかにも父らしい。

「会の終わりに映画が上映されてね。映画の内容はどうでもいいんだが、その間、犬は一匹ずつ檻に入れて、専用に用意した部屋に収容しておいたんだ。映画が始まってすぐに、犬とは似ても似つかないような、悲しげな鳴き声が聞こえてきた。どちらかというと、猫の声なんだな、これが。まあ、詳しくは省略するが、ちょっと流行遅れのファッションで身を固めたご婦人たちは、筆舌につくしがたい勢いで出口めがけて殺到していった。豹に追われて逃げまどうニワトリみたいにね！」

母は夫のホラ話にうんざりして、さっさと席を立った。

「コニャックを持ってきてくれるかい？」と父は作り声で言い、それからぼくとヘンリーにむかって続けた。「ご婦人方の驚きようといったらなかったそうだ。大事な愛犬の代わりに、檻には猫が入っていたのだからね！　気絶者が出て、救急車まで呼ばれる騒ぎさ。どうやってフーディーニがこんな信じがたい身代わり術をやりおおせたのか、リチャード叔父さんにもまったくわからなかった。フーディーニは会場を一歩も離れていなかったのだから」

「きっと助手がいたんですよ」とヘンリーが言った。

「助手ねえ……」と父は考え込みながら繰り返した。「四十四もの犬を、同じ数の猫と入れ替えるのだぞ。しかも十分もしないうちに！　わからないかもしれないが……」

そのとき母が戻ってきて、例のコニャック壜をテーブルに置いた。父はそれを注いで、話を続けた。

「それだけじゃないんだ！　しばらくして……」そこで父はグラスをつかみ、唇を湿らせた。「第二のどんでん返しがあった。犬が檻に戻って、猫が消えちまったのさ！　信じられない話だが、本当のことなんだ。フーディーニはもう一度身代わり術を……」

そこで父は言葉を切り、眉をひそめた。またグラスをつかみ、ひと息に飲み干す。一瞬のち、父は眼球が飛び出そうなくらいに目を大きく見開いた。

「これはまた」と父は口ごもった。「おまえの言うとおりらしい……医者を呼んでくれ……健康状態は深刻だぞ……さっきは目がおかしくなったが、今度は……コニャックとウイスキーの区別がつかん!」

午後、ぼくとヘンリーは散歩に出かけた。まばゆい雪に覆われた広大な荒地を、二人で静かに歩いていった。太陽は輝いていたけれど、乾いた寒気が顔の肌を刺した。

「ジェイムズ」とヘンリーが長い沈黙のあとに言った。「あんないたずらでお父さんを騙すのはよくないな……そもそも、コニャックを飲んじまったのはぼくたちなんだし!」

「父さんにはいい薬さ……」

ヘンリーは微笑んだ。

「コニャックとウイスキーなら、見ていない隙に入れ替えられるけど、犬と猫を替えるなんてありえないと思うな……きみのお父さんが、頭のなかででっちあげたんじゃなければ……」

「ほら、父さんはあのとおりだから。たぶん、フーディーニを取材した新聞記者に会ったのは事実だろうけど、それだけのことさ。リチャード叔父さんの話なんか、一度も聞いたことないし」

けれども、父のためにひと言弁明しておけば、ヘンリーの気を紛らわせるという目的は、しっかり達成できた。肝心なのはそこなんだ。

「フーディーニか!」とヘンリーはうわごとのように言った。だんだんと声に熱がこもってくる。「何てすごい男なんだろう！ とんでもないやつだ！ ほら、ジェイムズ、前に主任警部が持ってきた、フーディーニについての本があるだろ。あれを何度も読み返したよ。そうしたら……」

「それじゃあ、あの晩のことで、主任警部を恨んじゃいないのか？ 忌まわしい嫌疑をかけられたのに」

「ああ」とヘンリーはきっぱり答えた。「彼は自分の仕事をしたまでさ。それに頭だって悪くない……なかなかの切れ者だよ。封印された密室の謎解きはすばらしかった。たしかに、問題に関するデータは欠けていたが、ある意味で、彼は真実に近づいていたんだ……」

「ヘンリー！」とぼくは恐ろしくなって叫んだ。「まさかきみが……」

「もちろん、違うとも。けれど、あの事件の仕掛けはわかったよ。しかも、きみのおかげでね」

「ぼくのおかげ？」

「きみの証言のおかげさ。憶えているだろ、二度目に屋根裏部屋にあがったとき、きみが感じた奇妙な印象のことを？」

「奇妙な印象……ああ、よく憶えているよ。だけどそれが何なのか、うまく言えなくて」

「目にはきちんと見えているのに……頭脳がその情報を拒絶しているんだ」

ぼくは少しむっとして言い返した。

「ヘンリー！　犯人の名前をはっきり明かすべきときじゃないのか？　きみのお父さんを殺した怪物の名をね！　黙っているのも犯罪の一種だぞ。そのせいで、こんな悲劇が続くのだから……」

ヘンリーは重々しい表情でぼくを見つめた。

「でも、犯人はぼくらの周囲にいるんだ……」

ぼくは背中がぞくりとした。真実を見まいとして、思わず目をつむる。その瞼の裏に、次々と顔が浮かんだ。ジョン、エリザベス、ヴィクター、アリス、パトリック……そのうちのひとりが犯人なのだ。でも、ジョンのはずはない。エリザベスでも、ヴィクターでもない！　だとしたら……ラティマー夫妻だ！

「ヘンリー」とぼくはしばらくして言った。「ドルーはラティマー夫妻を疑っているんだ。きみのお父さんを殺したのだろうとね……」

けれどもわが友は、答え代わりに頭を左右にふって、ただ深いため息をつくばかりだった。

帰り道は、お互いほとんどしゃべらなかった。ただヘンリーは、比率の話をした。

「比率だって？」とぼくは驚いて聞き返した。「比率って、何の？」

「ああ、比率だよ」ヘンリーは目をいたずらっぽく輝かせて言った。「きみが抱いた奇妙な印象、あれは比率だったのさ」

ぼくの頭は、もう歯車が止まっていた。こんな無意味な言葉について、これ以上考えてもしかたない。たぶん心も冷え切っていたのだろう。その瞬間、ぼくはヘンリーに対してまったく哀れみを感じていなかったのだから。それどころか、できればその場で絞め殺してやりたいくらいだった！

午後中、警察はダーンリーの屋敷周辺をせっせと調べていた。ドルーはいらだって、隅々にいたるまでしつこく〝嗅ぎまわらせて〟いた。

屋敷の裏で、警官のひとりが毒づく声がする。するとドルーが怒鳴った。

「しっかり気張りたまえ。誰だ、こんな短気な連中を送り込んだのは！」

「すみません、主任警部。足が挟まってしまいました……この雪で、何にも見えなくて……ほら、スプリングのようです！」

「そんなもの、知ったことか。おまえこそ、仕事にもっと弾みをつけろ！」

「親愛なる主任警部殿は、あいかわらずおやさしいことだ！」とヘンリーはからかうように言った。

ヴィクターが、凍えた刑事たちにお茶を勧める声がする。いただきましょう、とドルーは答えた。

「警官たちもかわいそうですからね」時間が無駄になるのをこぼしながら、ドルーは言った。「でも、ちょっとばかり温まりに行くのも悪くないですな」

こうして静けさが戻った。少なくとも、しばらくの間は。

お茶の時間は奇妙な静寂のなかで過ぎた。ぼくはヘンリーが恨めしかった。謎が解けたというのに、教えてくれないなんて。ぼくにはまだ想像もつかなかったけれど、その日、十二月のもの悲しげな日曜日の晩、この奇怪な物語は恐ろしい結末を迎えようとしていたのだ。できれば、決して知りたくないような結末を。ぼくはただ皿をじっと見つめながら、頭にこびりついて離れない例の〝比率〟について考えていた。父はすっかり自信喪失に陥っていた。うなだれ、老け込んで、口に入れた食べ物を嚙むのもつらそうだ。ぼくは気の毒になって、コニャックが消えたあとウイスキーに変わった仕掛けを説明した。

父は無言で体を起こすと、ぼくをぐっと睨みつけた。ヘンリーはかろうじてこらえたものの、母はぷっと吹き出してしまった。父にとって何よりも耐え難いのは、妻に笑われることなのだ。

「おまえのしたことは、よくないぞ」と父は厳しい口調で言った。

そして席を立ち、胸を張ってキッチンをあとにした。

「一週間は不機嫌な顔が続くわね」ようやく笑い止んだ母は言った。

惨劇があった翌日だというのにこんなに笑うなんて、自分でもさすがに不謹慎だと思ったらしく、あらたまった声でこう言い添えた。

「ごめんなさいね、ヘンリー。でも、あんまりおかしすぎて……」

「スティーヴンズさん」ヘンリーも心動かされて、ため息まじりに言った。「温かいお招きに、まだお礼を言ってませんでしたね。母が亡くなって以来……」

ヘンリーは声を詰まらせ、曇り顔になった。

そのとき、電話のベルが鳴った。一瞬のち、ドアが小さく開いて、ぶつぶつ言う声が聞こえた。

「おまえにだぞ、ジェイムズ……」

玄関に飛び出すと、居間のドアが閉まりかけるのが、かろうじて目に入った。父は思いのほか傷ついているらしい。

電話の脇に受話器がはずして置いてあった。それをつかんで、たしかめもせずにこう言った。

「聞きたいことでもあるのか、エリザベス？」

わが妹とは違う声が、冷ややかに答えた。

「ドルーですが」

「ああ、主任警部さん！　何か……」

「こちらに来ていただけますかな？　お友だちとごいっしょに」

「ええ、いいですけど。でも、どちらにうかがえば？」

「お隣ですよ、ダーンリーさんのお宅です……妹さんとご主人も来てますから……」

「わかりました、でもどういうわけで……」

「実は、いくつか確実な理由から……いえ、ともかく来てくだされればご説明します……」

「それでは、すぐに行きます」

「ひとことご注意しますが、くれぐれも用心を怠りなく！　正体がわれたとはいえ、犯人はまだ捕まっていませんから。気をつけて……」

「はい」と答えながら、ぼくはぎょっとした。電話置きのうえにかかる鏡に、取り乱した自分の顔があった。

五分後、ぼくとヘンリーはヴィクターの屋敷にむかった。すでに日はとっぷりと暮れている。通りの隅にある街灯の青白い光は、降りつむ綿雪にさえぎられ、あたりを薄ぼんやりと照らすだけだった。

ヴィクターの屋敷が黒くそびえている。雪を被った切り妻壁が、うえからぬっと見下ろしていた。

ぼくは震えながら鉄柵の扉を押し開け、玄関に続く垣根沿いの小道を進んだ。

ヴィクターが出迎えてくれた。

「さあ、入って。コートを貸したまえ……みんなは客間だよ。二階のほうのね」

玄関に入ると、ヴィクターがコートを受け取りながら、悲しみに満ちた青い目でヘンリーに問いかけた。

ヘンリーはわずかにうつむき、深いため息をついた。

「ぼくなら大丈夫ですよ、ダーンリーさん。もう、ほとんど……」

階段にむかうわが友のあとを、ぼくもついていった。客間に入ると、ぱちぱちと燃え盛る暖炉の火が、あたりを心地よく暖めていた。

部屋の様子に、ぼくはびっくりした。衝撃を受けたと言ってもいいくらいだ。まったく狂ってる！　壁と天井に張ったおかしな壁紙を、アリスはいったいどこから見つけてきたのだろう？　高級服飾店がフォーマルなオーバーコートの裏地にする、綿や絹の黒い布かと見まがうほどだ。ドアの正面に置かれた大きなソファには、つやつやとした赤いビロードのカバーがかけられ、いやがうえにも目を引いた。右には暖炉、それにソファと同じビロード張りの肘掛け椅子がある。奥の壁には窓がひとつ。もともとは二つあった窓の片方を、ふさいでしまったのだ。ドアの左には小さな道具箱があり、そのうえに銀の留め金がついた古い魔道書が載っている。やはり部屋の左側にある小さな円卓は、欠かすことのできない小道具だ。小卓を被う黒い掛け布には銀の縁取りが施され、これまたお定まりの水晶球がそのうえで輝いている。布張りの椅子がいくつか、円卓のまわりを囲んでいる。銀の縁飾りがついた黒い、ぶ厚いカーテンは、きらめく飾り紐で括ってあった。カーテンレールもそろいの布で覆ってあり、まるで葬儀屋の部屋のようだ。

明りはと言えば、天井についた白オパール色の丸い電灯がひとつ。それが乳白色の光を投げかけている。ほかには枝つき燭台型のライトが、壁にいくつかついていた。弱々しい照明がかもし出す独特の雰囲気を、床に敷きつめた血のように赤い絨毯が強調している。さらにあげるべきは、ソファのうえにかかった大きなパネルだ。片方の窓をふさいでいるこのパネルは、パトリックの手によるのだろう。濃紺の地の一部が、無造作に黒く塗りたくられ、青白い月や天空を駆けるぼんやりとした影、謎めいた仮面、哀願するような手が描かれている。まったく悪趣味の極みだ。

水晶球を置いた円卓とくれば、模造大理石製の二本の円柱も忘れてはならない。それにしても、良識あるはずの人々がどうしてこんなグロテスクな演出に惑わされたりするのだろう？　哀れなヴィクターなら、まだしもわからないではない。いささか精神に異常をきたしているし、人がよすぎてころっと騙されてしまう。けれども、なぜホワイトさんまでが？

エリザベスは暖炉のすぐ近くにあるソファにすわり、隣のジョンによりそっていた。ドルーはいつものように、暖炉のうえに肘をつき、口の端っこで煙草をくわえている。

「おいでになりましたか？」とドルーは言った。「この部屋の模様に驚いていらっしゃるようですね？　スティーヴンズさん」

「たしかに」とぼくは認めた。

それからドルーは、ちょうど居間に入ってきたヴィクターに話しかけた。

「なるほど、ここで交霊術の実演が行われたというわけですか！」

「ご自分が知らないことを、軽んじるものではありませんよ、主任警部」とヴィクターは弱々しい声で言った。「ラティマー夫妻が大急ぎで引っ越したのは事実ですが、だからといってあの人たちが犯人だとは……」

「大急ぎでねえ」とドルーは皮肉っぽく笑った。「それはまあ、そのとおりですな。いくらか身のまわりのものを除けば、何もかも置きっぱなしなんですから……今日の午後いっぱい使って、彼らが借りていた二階と三階を調べてみたんですよ、ダーンリーさん。すると貴重な持ち物がたくさん見つかりましてね。もちろんスーツやドレスなども……こうなるともう、議論の余地はありません。引越しなんかじゃない、大急ぎで逃げ出したんですよ」

そこでドルーは間を置いた。そのすきにジョンの脇にすわると、ぼくは思わず顔をしかめた。このご立派なソファは、ずいぶんとまたすわり心地が悪い！　どうもこれは、夫妻が以前使っていた長椅子らしい。ワックスを塗った幅木で縁取った台座は、マットレスを載せる横木を覆うためにパトリックが作ったものだ。間違いない。くたびれたマットレスの代わりに厚手のクッションを三つ置き、赤いビロード張りの背もたれにもクッションを三つたてかけ、下の台座と同じように固定してある。どうも手間をかけたわりには、いまいちだ。ぼくがそう指摘すると、エリザベスの答えはもっと手きびしかった。

「見かけだおしよね！　あの人たちによくお似合いだわ」

ドルーはご静粛にと言わんばかりにぼくらを睨みつけ、話を続けた。

「二日前からラティマー夫妻は姿を消し、二十四時間前から国中の警察が全力で行方を追っています。今のところ手がかりなしで、発見にはいたっておりません……けれども、必ずや逮捕いたしますのでご安心ください！　それからもうひとつ、三年前から、つまりここに引っ越してきてから、夫妻の銀行預金はかなり増えているのです！　収入源がどこかも想像がつきます。アリス・ラティマーが自称する霊媒師とやらの能力を、せっせと金に変えていたのでしょう！　ずいぶんたくさんの人たちが、交霊をしてもらいにやって来たようですから！　違いますか、ダーンリーさん？」

「自称霊媒師の才能ですって！」ヴィクターはかっとなって言った。「それは違いますよ、主任警部さん。ラティマー夫人の才能は本物でした……交霊会に一度でも参加すれば、あなたにも納得いったでしょうに。彼女が自分の能力を、皆のために役立てたからといって……」

「それはお金と引き換えにです」とドルーも言い返した。「ラティマー夫妻はここに来る以前から、人々の盲信につけ込んだ商売をしてたんですよ……別な名前でね。そのせいで、調べをつけるのに手間取ってしまったのですが……今朝、報告を受けたところなんです…

……」

「つまり、ラティマー夫妻は詐欺師だったということなの！」とエリザベスは仰天して言った。

「そのとおりです」

「まあ！　そんな！　パトリックが！　あんなに感じよくって、すてきな人なのに！」

それを聞いたジョンは妻を睨みつけ、声色をまねて言った。

「まあ！　そんな！　アリスが！　あんなに美人で……」

「やめなさいよ」エリザベスはぴしゃりと言った。「あなたときたら、本当に嫉妬深いんだから、いいかげんうんざりしてくるわ」

ジョンはしょぼんとなった。

「ということは、ラティマー夫妻が犯人だと思っているのですね？」とヘンリーが訊ねる。

「ええ、彼らがあなたのお友だちと、お父上を殺害したのです。逃げ出したのが何よりの証拠ですよ」ドルーはきっぱりと答えた。

「でも、どうして？　どうやってなんですか？」とぼく。

ドルーは薄い唇を歪め、からかうような笑みを浮かべた。

「どうして、ですと？　被害者たちが、夫妻の策略に気づいたからでしょう……どのようにかは、まだはっきりとはわかりませんが。けれども、逮捕さえできれば白状するでしょう。まあ、見ててください……

けれどもホワイトさんの殺害については、わたしなりの推理をお聞かせしましょう。今のところわかっているのは、以下の点です。犯行時刻は午後十時前後。雪は九時ごろに止んでいて、屋敷周辺に積もった雪に足跡はなかった。もちろん、事件発見者の足跡は別ですが。そしてわれわれが到着したとき、犯人は姿を消していた……ここから言えるのは、犯人はすでに屋敷から逃亡していたということです。にわかに信じがたいでしょうけれど。

そこで思い出してください。裏庭に面したドアは開いていましたよね。ドアから五メートルほどのところに、果実の木が一本立ってます……その先にも、もう一本……また、もう一本と続いていきます。ドアから木にかけて、あらかじめ順次ロープを張っておけば、雪に足跡を残さずに逃亡することが可能です！　うえからぐっと引っぱるだけで、結び目がほどけるような結び方もありますし……」

「すばらしい」とヘンリーは意地悪そうに微笑んで言った。「けれども、ほどけたロープが下に落ちたら、雪に跡がつくはずでは？」

「犯人は長い棒を使って、ロープを支えたのかもしれません」とドルーはつぶやいた。

「まあ、仮定にすぎませんが……軽業師のあなたとしては、どう思われますかな？」

「はっきり言って、あり得ませんね」とヘンリーは答えた。「よほど巧妙な道具でもない限り……それに……人目につかず、前もって準備しておかねばなりません……あの日はほくも父も、午後のあいだずっと家にいたんですよ……それにもうひとつ、犯人には雪が降る時間も止む時間もわからなかったはずですから。そもそも、本当に雪が降るかどうかすら怪しいのです。ですから……言うなれば……偶然に頼りすぎですよ」

「なるほど、そのとおりですな」とドルーも残念そうに認めた。

そして沈黙が続いた。

ラティマー夫妻が犯人だとは、やはり考えがたい。アーサー・ホワイトの殺害についてなら説明もつく。アーサーは、夫妻の化けの皮を剝ぐ事実を知ってしまったのだろう。けれども、どうしてボブ・ファーを殺さねばならなかったのか？　まるで見ず知らずの人間なのに！　そう、主任警部は間違っている。犯人を捜すべきは……まさにこの部屋のなかなんだ！

沈黙を破ったのはエリザベスだった。

「ジョン、あなたの手、ずいぶん冷たいわよ！」

「何言ってるんだい、おまえ……」

ドルーは考え込みながら、暖炉の前を行ったり来たりしている。そして吸いさしの煙草を火に放り込むと、皆の注意を引こうとするかのように、大きく咳払いをした。

「すでに犯人はわかっています。犯人が逃亡したこともわかっています。では、どこにいるのか？　問題はそこなんです！　そんなに遠くへ行っていないでしょう！　今夜集まっていただいたのは、危険を警告するためなんです。犯人たちは追い詰められ、必死です……助かるためなら、あらたな殺人だって辞さないでしょう。ですから、くれぐれも気をつけてください！」

それから主任警部は、脅しつけるように目をぎらつかせ、こうつけ加えた。

「けれども、逮捕は時間の問題です。彼らを捕まえたあかつきには、決してただではすましませんよ！　生きて帰れたら、お慰みです！」

まずは見つけることが先決だけれど、とぼくは思った。それにしてもこのソファは、何てすわりごこちが悪いんだ！　詰め物がすっかり駄目になっている。

「ジョン、寒いんじゃないの！　手が冷たいわよ！」

いいかげんにしろとばかりに立ちあがると、ジョンは妻に面とむかった。

「ぼくの手が冷たいかどうかなんて、どうしてわかるんだ？」

そんなジョンとエリザベスのやり取りなど無視して、ドルーは繰り返した。

「彼らを捕まえたあかつきには、決してただではすましません……」主任警部は脅すような笑みを浮かべて、握りこぶしを見つめている。

「どうしてきみにわかるんだ？」そう言ってジョンは、両手をわが妹の鼻先に突き出した。

エリザベスはじっと動かなかった。顔が真っ青だ。そして、ほとんど聞こえないような声でつぶやいた。

「……手が……冷たい……」

ジョンは目をひきつらせ、歯を食いしばりながら、ずっと後ずさりした。

ぼくも立ちあがって、妹に近づいた。何てこった！　エリザベスがつかんでいる手は、ソファの背もたれと腰かけ部分のあいだから突き出ている！

ぼくは気絶した妹をソファから抱き起こした。ドルーが三つのクッションを引き剝がす。またしても、犯人は凶行に及んだのだ。弾力のないソファのなかには、アリスとパトリックの死体が横たわっていた！

この事件は理性を超えている！　まるで悪夢のなかにいるようだ。ぼくはめまいがしてきた。それでも、ひとつ確信していることがある。根拠はないかもしれない。けれども絶対の確信だ。犯人はこの部屋のなかにいる！　容疑者の範囲は限られているのだ。数えあげるのに、片手で用が足りるくらいに。ひとり目はヘンリー、二人目はエリザベス、三人目はジョン、四人目はヴィクター、そして五人目は……ドルー主任警部？　彼だって、犯人ではないと言い切れるだろうか？

第三部

幕間

やれやれ！　やっと終わった！

それにしても、何という物語だろう！　謎また謎のこんな話にツイスト博士がきちんと結末をつけられたら、わたしも脱帽しようじゃないか！

先を続ける前に、ここで自己紹介しておいたほうがいいだろう。わたしの名前はロナルド・バウワーズ。ジョン・カーターのペンネームで知られるミステリ作家だ。一九七九年現在、おおよそ五十歳である。おおよそ、と言ったのにはれっきとした理由がある。自分の年齢が正確にはわからないのだ……けれどもそれは、また別の話だ。

今、お読みいただいた物語はフィクションにすぎない。ジェイムズ・スティーヴンズ、ヘンリー・ホワイト、アリスなどの人物が作り出す小世界は、ツイスト博士と賭けをして二週間ほど前に作り出されたものだった。

かの有名なアラン・ツイスト博士のご紹介もしなければ、読者諸氏には失礼になるだろう。まさに信じがたい事件の数々を解明した、犯罪学の大家である。もう若いとはいえないがまだまだ達者で、大好きな庭いじりのおかげで元気そのものだ。もっとも、めったに外出はしないけれど。頭脳はいまだ明晰さを失わず、ロンドン警視庁もしばしばそのお世話になっている。

というわけで二週間ほど前、わたしはツイスト博士の自宅に招待された。二人が顔を合わせるとき、盛りあがる話題はただひとつ、犯罪についてである。当然のことながら、その晩も例外ではなかった。

「ロナルドさん、実を言うと」と彼は話し始めた。「わたしはこれまでずっと、犯罪者たちの巧妙で恐ろしい企みを暴いてきました……まさにとてつもない事件も解明しましたよ……けれども犯罪に関して精通したこのわたしが、ひとつだけ実現できていないことがあるんです」

「といいますと？」

「ミステリ小説を書くことですよ。つまり、複雑な筋立てや構想が苦手なんです。どんな事件でも解決する自信はあります。けれども、物語をひとつ完全に作りあげるとなると……なかなかどうして。ええ、何度も試みてはみたのですがね……うまくいきませんでした」

「でも、ツイスト博士、それはちょっと信じられないですね！　不思議な事件を次々起こすだけなら簡単なんです！　難しいのは、それに解決を与えることですよ。わたしも作家ですから、よくわかっています。ですから、いくら博士でも解決できない謎が……それともあなたのご経験をもってすれば、難なく……」

「難なく不可能を説明してみせます。ええ、できますとも！　言ったとおりです。わたしが挫折するのは、物語そのものなんですよ。登場人物を考えたり、背景を描いたり……本当に、何度も書き始めてみたんです。でも、完成にはいたりませんでした」

「なるほどね」

「ですから、ミステリ小説の第一人者ロナルド・バウワーズ、またの名をジョン・カーター氏にお願いしているのです」

「お褒めにあずかって光栄ですが、それはかいかぶりすぎというものですよ。作家ならほかにも……」

「いいえ、あなたが現在最高のミステリ作家であることは、誰しも認めるところです。謎と驚異の代わりに暴力とセックスが跋扈《ばっこ》するこの時代に背を向け、謎解きの名に値する小説を書き続けている唯一の作家。あなたこそ、本格ミステリを守る最後の砦なのだと申しあげましょう」

「これはどうも、博士。もうそのくらいにしてください。ところで、わたしにどうしろとおっしゃるので？」

「ごいっしょに小説をひとつ書きませんか？　雰囲気作り、登場人物、物語の組み立てはあなたの担当で……幽霊や密室殺人が出てくる途方もない物語をお願いします。どういうことかわかりますよね？」

「それはもう」

「……謎を目いっぱい詰め込んでください。結末の心配はいりません。謎解きはわたしが引き受けますから！」

「なかなか心そそられる申し出ですね。でも残念ながら、そんなこと不可能ですよ。作者は執筆に取りかかる前に、謎解きの鍵を知ってなくちゃなりません。もちろん、その気になればできますよ。合理的な説明に気をつかわず、ひたすら奇怪な物語を書くことくらい。けれども、それではあなたが謎解きをできません。不可能ですよ。やはり前もって筋立てを知っておかないと……」

「それならロナルドさん、できるかできないか、試してみませんか？」

「いいでしょう。ご満足いただけるよう、せいぜい不可思議な事件を詰め込みますけど、満足のいく説明は絶対に見つからないと思いますよ！　あらかじめ言っておきますがね！」

「はてさて……どうですかな……」

こうしてわたしは、この信じがたい物語を書いたというわけだ。思いきり羽目をはずして楽しんだと告白せねばなるまい！　結末を気にせず、思う存分奇怪な話を書くとは、何たる悦楽だろう！　実に単純明快！　あれこれ考え込む必要もなく、十日間同じペースで、ほとんど一気呵成に書きあげた。いつもなら執筆中は飲まないのだが、ウイスキーをちびちびと、というかがぶがぶとやったりもした。もうひとついつもと違ったのは、登場人物のひとりである一人称の語り手、ジェイムズ・スティーヴンズを使っている点だ。こういう書き方は、今までの小説でしたことがない。ツイスト博士が、哀れなジェイムズを犯人にしないで欲しいものだ！　彼だって犯人かもしれないからな！　いや、それはあり得ない。彼にはアーサー・ホワイトとボブ・ファー殺しのとき、確固たるアリバイがあるのだから。ラティマー夫妻はいかにも怪しそうだとわたしも考えた。けれども、ツイスト博士はその仮説に甘んじられないだろう。犯人は最後の数ページに来て、彼らを殺してしまったのだから。フーディーニの転生という可能性もある。神秘王フーディーニにもまして、この奇怪な物語に登場するにふさわしい人物もいない！　フーディーニに取り憑かれたヘンリー・ホワイト青年は、母親が死んだのは父親のせいだと思い込み、恐ろしい企みをしたのだ。けれどツイスト博士がその方向で謎を解こうとしても、わたしは急いで道をふさいでおいた。かわいそうだが、彼は万事休すだ……でも、哀れみは無用だ。前もって、警告しておいたのだから。

よし、この原稿を明日彼に送るとしよう。今、何時だろう……おやおや……三時じゃないか！　夜中の三時だ！　ぶっ続けで八時間もタイプを打っていたことになる。まったく信じられない！　いつもなら、二時間ごとに休憩を取っているのに。よほどこの物語に熱中していたんだな。もしかして……

そのとき電話のベルが鳴り、思考の糸はとぎれた。

こんな時間に電話してくるのは、ジミーしかいない。わたしは受話器を取った。

「もしもし」

「やあ、ロナルド！　起こしちまったんじゃなければいいけど！」

「電話をする前に、まずそう考えて欲しかったね、ジミー。まあいいさ、原稿を書いていたところだから」

「すごいアイディアが浮かんだんだ！　本当にすごいぞ、これは！　だから急いで電話したんだ。次の小説で使うといいよ」

「話してくれ」

「ひとりの男が古い甲冑のなかに入るんだ。もちろん、衆人環視のなかでね。みんな目を離さないでいたのだが、しばらくして様子がおかしいので、気分でも悪いのかとなかをのぞいてみた。するとどうしたと思う？」

「男は消えていたんだろ」

「残念でした、もっとすごいことさ。男はなかにいたんだが、頭が……」

「わかった。その古い甲冑を着ると、頭がおかしくなるんだな！」

「違うって！　頭がなくなっていたんだよ！　首が切り落とされ、消えていたんだ！　どうだい、恐ろしいだろ？」

「とても独創的だね。それで犯人はどんなふうにやったんだ？」

「ああ、それはまだ考えていないんだが！　謎解きはそっちでやってくれ……きみならきっと思いつくさ。ともかく、アイディアは抜群だろ、ロナルド？」

「たしかに、検討に値するな。それで、ほかに用事がないなら、そろそろぼくは寝るよ。明日の昼、ホワイト・ホースで会おう」

「いいとも、ロナルド。このアイディアを使って、きっと何か書けると思うよ。古い城館を舞台にするといいだろうな。城の主人は青髭公の末裔で……」

「その話は、また明日聞かせてもらうよ、ジミー。じゃあ、おやすみ」

わたしは電話を切って、ため息をついた。

ジミーは悪い男じゃないが、どうにも気に障ることがある！　わたしと同じ五十歳代で、芝居を書いていたのだが、酒で身を持ち崩してしまった。奥さんには逃げられ、目下失業状態なので、わたしが助けてやっている。彼のプライドを傷つけないよう、小説のアイディアを考えて欲しいと申し出て、なにがしかの謝礼を払うことにしたのだ。それ以来、彼の言う〝すごい〟アイディアで始終悩まされている。がっかりさせてはいけないと思い、アイディアのいくつかは、小説の背景に取り入れたりもしているのだが、使えるのはせいぜいその程度だ。彼の筋書きは荒唐無稽すぎて、話がまとまらない……そう、わたしがツイスト博士に送る、結末のない物語のように。してみると、ジミーが考えた筋書きのひとつが、無意識のうちに頭に刻み込まれていたのだろうか？　それが形となって、あんな物語ができたのだ。たしかに、ありえないことではない。わたしは何も考えず、本能的に書いていたのだから。まるで……まったく、ジミーのやつめ！　これからはやつのアイディアを書きとめて、紛らわしくならないようにしなければ！

三時十五分だ。もう寝る時間だぞ、ロナルド君！

ジミーの影がフランス窓に逆光で浮かびあがった。注意深くバラを刈り込んでいる庭師をじっと観察しているようだ。巻き毛を片手でなでつけると、わたしのほうをふり向いた。

「ところでロナルド、甲冑のなかで首を切られた男の話は、検討してくれたかい？　憶えているだろ？　夜中の三時に電話したやつだよ。十日ほど前に」

十日前だって！　ツイスト博士に原稿を送ってからもう十日になるのに、まだ返事はない。でも考えてみれば、返事なんて来るはずない。いくらツイスト博士が天才だからって、説明不能なものを説明できるわけがないのだ！

「ああ」とわたしは答えたけれど、その口調から無関心なのは一目瞭然だったろう。「検討はしたけれど、かんばしい結果が得られなくて」

ジミーはこちらに近づいて、机のうえにあった本を取った。

「ロラン・ラクルブ著『フーディーニとその伝説』か」彼はページをぱらぱらめくりながら言った。「まったく驚くべき男だよな、フーディーニは！　もう読んだのかい？」

わたしは顔をあげ、友人を見つめた。銀髪の巻き毛に縁取られた大きな顔に、驚いたような表情が浮かんでいる。

「余計な口出しだったら、そう言ってくれよ。ぼくは、何も……」と彼は口ごもって言った。

「とんでもないさ！　あれはすごいアイディアだよ！　さあ、コニャックでも注いでくれ！」

ジミーは先ほどからずっと、このときを待っていたのだろう、黙って言われたとおりにした。彼は一方のグラスを震える手で机に置き、自分のグラスを一気に飲み干した。

「ロナルド、話があるんだ。このところ、きみの世話になりっぱなしだろ……ぼくのアイディアもお気に召さないようだし。それなら……」

「何を言ってるんだ！　きみがいなければ、そしてきみのアイディアがなければ、かのジョン・カーターもとっくに存在しなくなってるさ！　あんなすごいアイディアをいったいどうやって思いつくのか、いつも不思議に思っているくらいだよ！　まるで生まれつきの才能みたいに、きみには手品の謎が生み出せるんだ！」

「たしかにそのとおりだけど」とジミーは謙虚な口調で言い、もう一杯コニャックを注いだ。

こんな場面が、数週間かに一度繰り返されていた。ジミーは人から認めて欲しいのだ。さもないと、すっかり意気消沈してしまう。

「そういえば何カ月か前に、フーディーニを扱った筋書きを持ってこなかったかな？」とわたしは何気ない顔で訊ねた。

「いいや」とジミーは言下に否定した。

「間違いないか？」

ジミーは奇妙な様子でわたしをじっと見つめた。

「そんな話はしたことないな。でも、たしかに悪いテーマじゃない……ひとつ考えてみよう」そう言ってジミーはフランス窓をふり返った。「郵便屋が来たようだ。手紙を取ってくるとしよう」

ジミーは出ていき、すぐにまた戻ってきた。

「ほら」と言って彼はいくつもの封筒を机に置いた。「それじゃあ、仕事に励んでくれ。

ぼくはちょっと散歩に行くから」
ひとつだけ、ほかより大きい封筒があった。もしかして……差し出し人は……やっぱりツイスト博士だ！
わたしは急いで封を開けた。タイプで打った原稿が十枚ほどと、手書きの手紙が入っている。

親愛なるロナルド
貴君が書いた物語の結末を同封します。貴君が筆を置いた続きから、わたしは書き始めました。つまりパトリックとアリスの死体が見つかったところから、同じように一人称で語っています。謎を解く鍵は、すぐに見つかりました。貴君の物語からもたらされる結論はただひとつです。若干の助力を得たことは認めましょう。けれどもそれは謎解きに関してでなく、どのように結末を導くかについてです。
その点について、今はこれ以上申しあげられません。次にお会いした際に、ゆっくりとお話しいたしましょう。そのときを楽しみにしつつ……

謎を解く鍵は、すぐに見つかっただって？　とても信じられない！　こんな謎だらけの物語に意味を与えるなどという不可能を、ツイスト博士はなし遂げたのだろうか？　ともかく、読んでみることにしよう……

第四部

I　謎解き

めまいがする。ジョンはぼくの腕からエリザベスを取った。ヴィクターの声が、死の部屋を支配する凍りついた沈黙を破った。

「ほかに考えようはなかったんだ……パトリックとアリスが、わたしに挨拶なしで引っ越すはずない。主任警部さん、あなたの言ったとおりでしたね。生きて帰れたら、お慰みだって……」

すっかり途方に暮れたドルーは、ただ黙っていた。そしてひざまずき、死体を調べている。しばらくして彼は立ちあがり、震える手で煙草に火をつけた。

「ずいぶんと苦しんで死んだようですな」そう言ったドルーの声は、かすかに震えていた。「被害者の腹部には奇妙な切り傷があります。心臓にナイフをひと突きしたのが、致命傷ですが。服装からみて、真夜中のことでしょう。死亡時刻は、約四十八時間前というところですね……」

「でも車や荷物はなくなっているんですよ！」とぼくは叫んだ。「それじゃあ、誰が……」

「もちろん犯人です」とドルーは言った。「二人を殺したのち、急いで引っ越したように見せかける細工をしたのです」

「いやはや！　わたしが眠っているあいだに、頭上でそんなことが行われていたなんて！」とヴィクターがうなった。

ドルーはヴィクターの目をじっと見つめた。

「犯人は大変な危険を冒しています……そんな挙に出るとは、よほどやむにやまれぬ事情があったのでしょう。それにしても奇妙だ。この犯人は即行を迫られていたのですな。ダーンリーさんがいつなんどき目を醒まし、やって来ないとも限らないのですから。それなのに犯人は、時間をかけて被害者を苦しめています。いや……実に奇妙だ……」

「どうしたのかしら……ああ！　ジョン、あなた！　何て恐ろしい……帰りましょう！　こんな気味の悪い家には、これ以上一秒だっていられないわ」

ジョンは妻を腕に抱いたまま、優しくなだめていた。

「もう心配いらないよ。早く帰ろう」それからドルーにむかって言う。「かまいませんよね？」

ドルーはうなずいた。

「もう大丈夫よ、あなた。おかげで少し落ちついたわ」

ジョンとエリザベスはドアにむかった。

エリザベスがまだふらついているのを見て、ヴィクターは少しためらった末、ドルーに言った。

「わたしも送って行きたいのですが。この雪ですから、転びやすいので……」

「いいですよ、でもお気をつけて」

三人が部屋を出ると、あたりは静まり返った。ドルーが落ち込んだように頭をふる。

「わたしにはもう、何が何だか……」

「主任警部、ラティマー夫妻が殺されたことに目をくらまされてはいけません。この事件は、ほかの事件とは別個なんです」そう言ってヘンリーはソファの前にしゃがみこみ、死体を見つめた。「あなたの説は正しいんですよ。なぜなら、こいつらは」ヘンリーは死体を指さす。「われわれの捜している殺人犯だからです。殺人犯にして、ニセ霊媒師なんです！」

ドルーの目に、いつもの輝きが戻った。

「そうか、彼らを恨んでいる者はたくさんいる。オカルトをネタに詐欺を働く輩だからな。彼らが殺されたことと、ほかの事件は別なんだ。どうしてもっと早く気づかなかったのだろう！」

「ラティマー夫妻が死んだ今となっては、もう黙っている理由もありません」とヘンリーは言った。「すわりましょう。話が長くなりそうですから」

ぼくたちは円卓のまわりに腰かけた。ヘンリーの指示により、天井と壁の明りが消される。残る光といえば、暖炉のなかで揺れる炎だけだった。

ヘンリーが円卓の下を手さぐりすると、突然水晶球が輝き出した。少しずつすべてが存在感を失い、水晶の光だけがこの世のものとは思えぬ不思議な雰囲気を醸していた。

ドルーはすっかり魅せられ、輝く球体を目で撫でまわしている。ぼくも催眠術にかかったように、じっと見つめていた。この部屋にある二つの死体のことすら、忘れ去って。

ぼくらがこの不思議な雰囲気にのまれるのを、ヘンリーは黙って見ていたが、やがてこう話し始めた。

「さらにここで巧妙な手品が行われるんです。そうしたら、たちまち神秘的能力の存在を信じてしまうでしょうね。いやなに、恥じ入ることはありません。知性と教養のある人たちが、ほかにもこの同じ円卓のまわりで騙されたのですから……ぼくの父親なんか、真っ先に……騙されただけじゃない、大金をつぎ込んだのです。今、ソファのなかに横たわる二人のインチキ霊媒師のために。

この信じがたい出来事の発端は、ダーンリー夫人の自殺でした。あれはのちになって誰かが言い出したような殺人ではなく、本当に自殺だったんです。そのせいでダーンリーさんは頭がおかしくなり、やがて事業は行き詰まりました。こうして彼は、屋敷の一部を貸さねばならなくなったのです。第一の謎は、間借り人たちが夜中に聞いた、屋根裏部屋の足音。それにダーンリー夫人が自殺した部屋から明りが漏れるのを、村人たちが目撃したことでした。この謎解きは簡単明瞭です。精神に異常をきたしたダーンリーさんが、妻との再会を果たそうとして夜中に屋根裏部屋にあがったにすぎません。

間借り人が次々と変わり、屋敷には奇怪な噂が立ちました。ダーンリー邸は〝幽霊屋敷〟だというのです！ この噂はラティマー夫妻の耳にまで届きました。アリスとパトリックはすでにわかっているとおり、ニセ霊媒師です。幽霊屋敷と聞いて、彼らは思いました！ 願ってもない話じゃないかってね！ 人々を騙すには恰好の舞台です。

こうして二人の詐欺師は引っ越してきたのです。向かいに住むのは有名作家で、しかも妻を亡くしたばかりだ。これは利用できるぞ、と二人はすぐに考えました。さっそく、すばらしい手品の披露とあいなりました。アリスを通して、死んだぼくの母がしゃべるのです」

「それじゃあ、あれはトリックだったんだな！」とぼくは思わず大声を出した。

「もちろんさ。そもそも、封をした封筒から紙切れを抜き出すなんて、簡単なことなんです。細長くて平べったい、小さなピンセットを、折り返し蓋の上部にある隙間に差し込めばいいんです。それからピンセットで紙をつまみ、くるくると巻き取ります。あとはぐっと引き抜くだけです。紙を戻すには、今と反対の手順を踏みます。少しばかり練習すれば、すばやくできるようになりますよ。暗闇でもね。そろそろきみにもわかってきただろ、ジェイムズ?」

「ああ、でも……」

「アリスが昏睡状態に陥ったふりをし始める前に、パトリックは窓際の小さなスタンドにあらかじめ細工をしておいたんだ。ソケットと電球のあいだに、金属片が差し込んであったのさ。そうすると、スイッチを入れるたびにショートして、ヒューズが飛んでしまうというわけです。

こうしてアリスはお得意の芝居をし、パトリックは妻の霊能力を言いたてて、父に交霊実験を提案したのです。父はためらいました。当時はまだ、この種の能力に懐疑的でしたから。それでも、結局受け入れました。父は母にあてた質問を紙に書き、それを封筒に入れて封印し、テーブルのうえに置きました。パトリックは窓に近づきました。つまり、仕掛けをしたスタンドにです。そしてショートが起きそうなくらい激しい雷が落ちるのを待って、わざと停電を起こしました。停電のあいだに、彼は封筒から紙を抜き取りました。そして封筒だけテーブルに戻し、また窓際に行ったのです。そこで電気がつきました。きみはおぼえていないかもしれないがね、ジェイムズ。あのときパトリックは靴を調べていたんだ。そうやって、肘掛け椅子のうしろの床に置いた紙を読んでいたんです。少して、また雷が落ちたときにスタンドのスイッチを入れ、停電を起こしました。もちろんスイッチを入れるのは一瞬だけです。電気が通じたときに、またヒューズが飛んではいけませんから」

「ぼくたちだって、馬鹿じゃないさ、ヘンリー。続きは代わりに説明しよう。二回目の停電を利用して、パトリックは封筒に紙を戻してテーブルに置いたんだね。そして明りがついた。待てよ……そうそう！　アリスが意識を取り戻したとき、パトリックは耳もとで何か囁いていたっけ。あれは手紙の内容を教えていたんだ。そのあと、ラティマー夫妻はスタンドをひっくり返し、床に落として壊してしまった。もう使えなくしてしまえば、トリックがばれないからだ！　帰り際になって、絶妙の間とタイミングで、アリスはきみのお母さんの答えを告げたというわけだ。いや、実にうまく仕組んだものだな！」

「うまく仕組んださ。おかげで父まで、霊の存在を信じるようになってしまったんです。ダーンリーさんなら無理もない。奥さんが亡くなって以来、すっかり幽霊を信じていましたから。

こうしてラティマー夫妻のたくらみは成功を収めました。それからというもの、父は定期的にアリスに〝診てもらう〟ようになりました……まさに、この客間で。父がカモにされた巧みな手品について、ここでは詳細を省きましょう。でも、よく父は言ってましたよ。

母と話をするんだと」

ドルーがにやりとした。

「それでラティマー夫人には、ずいぶんとはずんだんでしょうな」

「ええ、とてつもない金額をね。あなたには想像できないくらい」

「でもヘンリー、きみはお父さんが騙されていることに気づいていたんだろ？　どうして教えてやらなかったんだ？」

「ぼくと父が口論していたのは、憶えているだろ？　気をつけるように言ったんだが、父のほうは聞く耳もたずでね。それで激しい喧嘩になったのさ」

「気をつけるように言っただって！」とぼくは声をあらげた。「それだけかい？　トリックについては、説明しなかったのか？」

するとヘンリーは真っ赤になった。

「できなかったんだよ、ジェイムズ。できなかったんだ……ラティマー夫妻に、たちまち手なずけられてしまったんだ」

「手なずけられた？」

「ああ、ぼくはアリスにくびったけだったんだ。ぼくらは愛人関係だった……あの女に抵抗するなんてできやしないさ、ジェイムズ、不可能だ……ぼくはすっかり魅入られてしまった。ぼくの手品に惚れこんだ、と彼女は言ってました。本当は、ぼくに自分たちのたくらみを邪魔されかねないと、すぐに見抜いたからなんです。アリスは野心家でした。そしてぼくも。ぼくたちはとてつもない計画を立てたものです。彼女の言葉は、今でもよく憶えていますよ。

〝二人が手を組めば、世界中を支配できるわ。ねえ、すばらしいと思わない……ヘンリー、愛してるわ。わたしを手伝ってくれるわね……いいえ、だめよ、だめ！　パトリックとわたしが騙しただなんて、お父様に言っちゃだめよ！　お父様は有名人だから、有力者たちにわたしの霊能力を宣伝してくれるわ……何言ってるの！　騙すのかですって？　お父様だって喜んでいるじゃないの。だって初めはお金が必要じゃないの。亡くなった奥さんと話ができたと思って……お金を貰っているること？　だって初めはお金が必要じゃないの。わたしたちが公演をするためには……ええ、そうよ。もうすぐ夫とは別れるわ。あなたを知ってからは、パトリックなんてものの数じゃないわ……もうすぐよ。約束するわ……〟

ぼくはもう、どうしていいかわかりませんでした。一方では、父がラティマー夫妻に大金をつぎ込んでいます。騙されているのはかわいそうだけど、ぼくには何も明かすことができません……目を醒まさせようといくら努力しても、父は激怒するばかりでした。そしてもう一方にはアリスがいる！　熱っぽく愛を囁き、約束してくれるアリスが！

客寄せのため、アリスは屋根裏部屋に出る幽霊の噂を、もっと広めようと思いました。もちろん幽霊の正体は、夜中に屋根裏部屋にあがるダーンリーさんなのだと、彼女にはわかっていました。ダーンリーさんの代わりをしたのは誰だと思います？　ええ、お察しの通り、このぼくですよ。むろん、嫌だと言ったんです……でも、アリスには何も逆らえません。彼女が持ち出す口実には、とても説得力があって……細かくは説明しませんが」

「それじゃあ、きみだったのか！」とぼくは叫んだ。「ジョンとダーンリーさん、きみのお父さんが聞いた、屋根裏部屋の足音は！」

「ああ」とヘンリーは両手で顔を覆ってつぶやいた。

「でも、うえには誰もいなかったと、ジョンが言ってたじゃないか！」

「皆が来る寸前に、呪われた部屋の窓から抜け出し、うえに張り出した切り妻壁によじ登ったんだ。ぼくにはたやすいことさ！」

「ジョンが部屋を調べたとき、窓は閉まっていたはずだぞ！」

「ぼくが外から窓を閉じておき、みんなが部屋を調べ始めたときに、アリスが内側からそっと留め金をかけたんだ」

「見事なもんだな」とぼくはつぶやいた。そんなことも思いつかなかったなんて、自分で自分がいまいましかった。

「その後も同じことを、ほかの証人がいるときにやりました……もちろん、ラティマー夫妻のためにです。ダーンリーさんにしてみれば、この深夜の訪問者は妻にほかなりません。だって、ほら、彼は何年も前から妻の帰りを待っていたんですから！

ぼくのほうはもう限界でした。みんなを騙し、何も知らないダーンリーさんや父を欺くのは……気が変になりそうでした……」

「ああ、よく憶えているよ。あのころきみは、まともに話もできないほどだったな」

「父との口論はますます激しく、頻繁になり、アリスはいっこうに離婚しようとしない。ぼくには我慢するよう言うばかりでした。

ある日、ぼくは決心しました。すぐにぼくと出ていくようアリスに認めさせるか、彼らがみんなを騙した手口を公にするか。ぼくはアリスのところへ行き、決断を迫りました。彼女は泣いて懇願し、ぼくの気持ちが変わるよう手を尽くしました。けれどこちらも、断固として譲りませんでした。そのときです、頭に衝撃があったのは。気がついてみると、猿ぐつわをかまされ、手足をベッドの柱に縛りつけられていました。脇にはパトリックが立って、切れ味の鈍そうな大型ナイフをふっていました。

ぼくは恐怖で凍りつきました。ナイフが見えたからだけでなく、目と目を合わせるアリスとパトリックの様子にです。ぼくは一瞬にしてすべてを悟りました。アリスはぼくを手なずけるために誘惑した。そのことは、初めからパトリックも認めていたのだと。ぼくはあいつらの道具にすぎませんでした。彼らは目的を果たすためなら手段を選ばない、卑劣なペテン師なのです。

アリスはうっとりとした目で夫を見つめていました。ぼくなど眼中にないかのように。

〝先に行くわね、あなた〟と笑いながらパトリックに言った彼女の顔を、今でもはっきり憶えてます。それからパトリックは、ぼくに買収を申し出ました。拒絶するとすぐに引っこめたものの、目が殺意で光っています。この男はぼくを殺そうとしている。初めからわかっていることだったんだ。〝しかたない、ほかに方法はないようだな〟と彼は言いました。けれどもパトリックは残忍なあまり、かえってミスを犯しました。ぼくをひとおもいに殺さず、ナイフをゆっくりと腹に突き刺したのです。

以前に会ったことのある奇術師に、腹をあちこち剣で刺す芸をする者がいました。剣は切れ味を少し鈍らせてあり、ゆっくりと突き刺していくので、内臓は避けて筋肉のところだけを貫通する仕掛けなんです。

その手を使えば、切り抜けるチャンスがあります。ぼくは猿ぐつわの下で歯を食いしばりました。そして激しい痛みに、気を失いました。

徐々に意識が戻ってきたとき、また腹に激痛がありました。ざくざくという物音も聞こえてきます。パトリックが穴を掘っている！　ぼくが死んだと思い、埋める準備をしているんだ！　まわりに木があるところを見ると、森のなかだろう。パトリックは恐ろしい作業を終えました。そしてぼくの腕を引っぱり、穴に落としたのです。穴はあまり深くなく、一メートルたらずでした。落ちるときにも、瞬間的にこう考えました。体をふんばれば、多少空洞を作ることができる。すぐに起きあがっても、パトリックにシャベルで叩き殺されるだけだ。死んだふりを続けてから、逃げ出したほうがいいと。シャベルですくった土が、背中に落ちてきたとき、ぼくはフーディーニのことを考えました。フーディーニは地下二メートルに埋められ、見事脱出したんだ！　たしかにぼくは今、力をすべて出しきれる状態じゃない。けれども、肩のうえにある土は一メートルそこそこだ！　抜け出すチャンスはそこにある。ぼくは呼吸を整え、筋肉を収縮させました。できるだけ、酸素を減らさないようにしなければなりません。折り曲げた体と穴の底とのあいだにある空気は、ごくわずかだからです」

「そしてあなたは脱出に成功した！」とドルーがさえぎった。わが友の話に、すっかり聞き入っていたらしい。

「ええ、かろうじて」とヘンリーは続けた。「いちばん苦労したのは、恐怖と闘うことです。実際に生き埋めになってみないとおわかりにならないでしょうけど、それだけは確かです」

「これですべて説明がつく」とドルーは言った。「お父上は、あなたをかついで森にむかっているパトリックを目撃し、あとをつけた。パトリックはそれに気づいて、お父上の頭を殴りつけたんだ。ええ、今やすべてが明らかです。そのあとラティマー夫妻は、ホワイトさんが死んでいなかったと知って、震えあがったことでしょうな。ホワイトさんが意識を取り戻したら、きっとヘンリーの失踪と死体の運搬を結びつけるでしょうから。

どうしよう？　ヘンリーの殺害を疑われてはならない！　捜査が行われたら、わが身が危なくなる。それなら、どうすればいい？　ホワイトさんの意識が戻る前に、急いで策を講じなければ……そして彼らは一計を案じたんですね。パディントン駅で、追い詰められたような顔のヘンリーを見かけたことにしようと。絶妙のアイディアですよ。ヘンリーが生きていると信じさせるだけでなく、父親を襲った濡れ衣を着せることにもなるのだから。ヘンリーは父親と激しく口論していたうえに、行方をくらましたとあれば、誰しもそう思うでしょう。それにラティマー夫妻には、何の危険もないはずでした。ヘンリーは死んだものと思っていたので、この証言が嘘だとばれるはずはなかったのです。ええ、絶妙のアイディアですよ……けれども、千慮の一失ということがあるものです」

ヘンリーは笑みを浮かべた。

「そう、信じがたい偶然から、ジェイムズがオックスフォードでぼくに会ってしまった。そのときは、父が襲われたことを知りませんでした。ただ、何もかもが嫌になっていたんです。愛した女には歯牙にもかけられず、あげくの果てに殺されかけた。父との関係も最悪で、おまけにラティマー夫妻が父を騙す片棒を担いでしまった……ぼくはしばらくさまよったあと、国を離れる決意をしました。そんなわけで数日後、オックスフォード駅にいたんです」

「あのときホームで話したよね、ヘンリー。憶えているだろ？　きみはこう言った。〝人間なんて残酷なものだ。ぼくは去ることにしたよ……〃って」

ヘンリーはうなずいた。

「まさに運命の悪戯ですな！」とドルーが言った。「ラティマー夫妻は十二時半ごろロンドンであなたを見かけたと証言したのに、同じ時刻にあなたはオックスフォード駅でジェイムズさんに会ってしまった」

「ぼくの証言を聞いたとき、彼らは何と思ったことだろうな？　ぼくが幻影を見たのか、それともヘンリーは生きているのか？」

「おそらく彼らは」とドルーは言った。「あなたを埋めた土を掘り返してみたでしょうね……そして死体が消えていることを知った……はっきりとはわかりませんけど」ドルーはそこで間を置いた。「三年が過ぎ、そのあいだもラティマー夫妻は実入りのいいペテンを続けていた。そうなると今度は、彼らがいかにしてボブ・ファーを殺害したかです……封印した密室で！　そもそも、ボブ・ファーは何をしにやって来たのですか？」

「アメリカにいたときも」ややあってヘンリーが話し始めた。「いつかはイギリスに帰ろうと、ずっと思っていました。その際にはちょっとしたいたずらを仕掛けて、あのラティマー夫妻にひと泡吹かせてやるつもりでした。ぼくとボブがそっくりなのを利用して、ぼくなりの手品を見せてやろう。そこでまずボブが彼らのもとへ行き、次にぼくがあらわれる。あいつら、どんな顔をするやら！　霊の存在をみんなに信じ込ませていた本人のところに、殺したはずの男がやって来る、しかも二人になって！

もちろん、ボブにはよく注意しておきました。彼らは危険な相手だ。殺されかけるかもしれないって。でもボブは笑って答えました。〝へたに手出しでもしてみろ、目にもの見せてやるさ〟ってね。ボブは二日おきに電話をくれる約束をして、旅立ってゆきました。その後のことはわかりません。けれども、容易に想像がつきます。ラティマー夫妻のもとを訪れた早々に、ボブは襲われ、監禁されてしまったのでしょう。

〝アリス、こいつは幽霊なんかじゃない！　落ちつくんだ！　おれが埋めたとき、ヘンリーはまだ生きていた、それだけのことだ！〟

〝それだけ、ですって！　ほかに言うことがあるでしょうに、パトリック！〟

〝そりゃまあ、こいつは始末しなくてはな……いい考えがある。今度は死体を隠さずに、みんなに見せてやるんだ〟

〝どうかしてるわよ！　捕まりたいの！〟

〝まあ、聞けよ。まずヴィクターとアーサーにこう吹き込むんだ。ダーンリー夫人は殺された。そして数年前から屋根裏部屋に取りついている亡霊は、姿をあらわし復讐しようとしていると。だから呪われた部屋に封印をし、そこで実体化の実験を行おうと言うのさ。ところが封印された部屋から、ヘンリーの死体が見つかるというわけだ！　どんな騒ぎになることやら！　おれたちにとっては、大変な宣伝効果だよ〟

〝そうね……でも、とても危険だわ……わたしたちが疑われるかも……〟

〝大丈夫さ。計画というのは……〟」

ヘンリーは少し間を置いて、また話を続けた。

「ええ、おそらくことはこんなふうに運んだことでしょう。おおよそのところ……」

「なるほど」とドルーはうなずきながら言った。「ここまでは話の筋が通っていますな。でも、そのあとは？　呪われた部屋でボブを殺したあと、どうやって封印をしなおしたのですかね？」

ヘンリーはぼくのほうをじっと見た。

「ジェイムズ、きみが二度目に屋根裏部屋にあがったとき、はっとした理由がわかるかい？　比率さ。廊下の比率が前と同じじゃなかったんだ！」

頭にかかっていたもやもやが、一気に晴れた。

「そうだ、そうだった……でも、どうして……」

「事件があったときは、その場にいなかったけれど」とヘンリーは続けた。「あとから聞いた話だけで充分だったよ。事件の経緯を再構成するのにね。あの犯罪は、まさに傑作です。首尾よくなし遂げられるのは、言わば奇術のプロだけです。では、どんな仕掛けなのでしょうか？

屋根裏部屋の配置が、実に好都合だったんです。廊下の突きあたりにはカーテンがかかっていて、奥の壁をすっかり隠していました。廊下の右側には扉が四つ並んでいて、その中にある部屋はどれも同じようです。いちばん手前の部屋には、家具が詰め込まれていました。扉と廊下の壁は、どちらもくすんだ柏の羽目板張りになっていて、ほとんど見分けがつきません。はっきり見えるのは、白い四つのドア・ノブだけです。

最初に屋根裏部屋にあがったとき、どんなものが目に入ったでしょうか？　いちばん奥の、開いた扉から洩れる光。その光に照らされた三つのノブ……それだけです！　四つの扉が見えたわけじゃない。見えたのは開いた扉がひとつと、三つのノブでした！

開いていたのは、実は三番目の扉だったんです。ラティマー夫妻はカーテンを前にずらし、廊下を縮めていちばん奥の扉を隠しました。それから手前二つのノブをはずし、もうひとつ用意したそっくりのノブといっしょに、最初の扉と三番目の扉のあいだで等間隔になるようつけ直したんです。

あとは明りの具合を調整すれば、手品の一丁あがりです。廊下の右側に四つの扉が並び、いちばん奥の扉が開いているような錯覚を受けるでしょう。ノブのトリックがばれないようにアリスが右側を歩いたあたりも、よく考えたものです。そうしていち早くほかの人たちを、三番目の部屋へと導いて行きました。それをみんなは四番目の部屋、つまり呪われた部屋だと思っていたのです。

たぶん九時少し前に、パトリックはボブを殺したのでしょう。そのときボブは手足を縛られ猿ぐつわをかまされて、呪われた部屋にいたんです。もちろんノブとカーテンはすでに移動されていました。九時三十分ごろ、アリスが十分間ほど席を外しました。燭台と封印の道具を入れたダンボール箱、封印代わりのコインを、屋根裏部屋に持って行ったのです。父がコインを手放したのは、このあいだだけですよね。この十分間をアリスがどう利用したか、もうおわかりでしょう。ボブの死体がある呪われた部屋の扉に、あらかじめ封印をしておき、三番目の部屋に燭台を置いたのです。この明りがとても重要だったのは、先ほど説明したとおりです。

それからアリスは居間に降り、パトリックはコートを取りに玄関へ行きました。アリスはほかのみんなを引き連れてまた屋根裏へあがり、呪われた部屋と見せかけた三番目の部屋に導いたのです。そのあと、わざとおかしな歩き方をしてパトリックがやって来ました。あれはヘンリー、つまりこのぼくだったと、のちにみんなが思うようにです。パトリックを残して部屋を出て、扉に封印がなされます。もちろん封印をするのはアリスです。前もって第四の扉にした封印と、同じになるように。下の居間でみんなが待っているあいだに、パトリックは部屋を出ます。そのときに破れた封印のあとを注意深く取り除き、カーテンをとっつきの壁の前に戻し、ノブも本来の位置につけ替えてそっと下に降りました。あとに残るのは、封印された部屋に転がるボブの死体というわけです。死体にはあらかじめ、パトリックと同じコートを着せ、同じ帽子が被せてありました。玄関に行ったパトリックは、次の芝居の準備をしました。コートを取ろうとしたとき、何者かに襲われたふりをするのです。

ええ、この犯罪はまさに傑作と言えるでしょう。トリックが露見する恐れがあるのは、最初に屋根裏部屋にあがったときだけです。でもラティマー夫妻は、カーテンとノブのトリックに気づかれた場合の言い訳も、きっと何か準備してあったことでしょうね。ともかくこの時点では、誰も死体があるなんて思ってもいないんです！　みんな実験の成り行きが心配でなりません！　屋根裏の様子をよく知っているのはダーンリーさんだけですが、彼は妻との再会が待ち遠しくて、廊下が短くなっていることには気づかないでしょう！

パトリックがカーテンとノブをもとに戻してしまえば、ラティマー夫妻のインチキを暴く証拠は何も残りません。やがて呪われた部屋にあるボブの死体が発見され……事件は奇怪なものとなるでしょう。生身の人間なら封印したこの部屋に入れやしないと、誰しもすぐにわかることですから。でもジェイムズ、白状しておこう。二度目にあの廊下にあがったとき、きみは奇妙な印象を抱いたと言ったよね。あれがなければ、ぼくには何ひとつ謎が解けなかっただろうよ……犯人はラティマー夫妻だと、いくらはっきりわかっていても」

「たしかにこの犯罪は見事なものですな」とドルーも認めた。「けれども、われわれがもっと細かく屋根裏を調べていれば、ノブやカーテンを移動させた跡を発見できたのでは？」

「ありえませんね。パトリックは、トリックの痕跡がまったく残らないようにしたはずです。いいですか、相手はプロの奇術師ですよ。それにこのトリックの演出には、自分たちの命がかかっているのですから……うえに行って、ざっと調べなおしてもいいですが、せいぜい見つかるのは、ノブを一時的に止めておいた釘の穴くらいでしょうよ……」

ドルーは顎でソファをさした。

「どのみち、もう大して意味はありませんが……ラティマー夫妻を裁くことはできないのですから」

「この疫病神どもを殺したのが誰かはわかりません」とヘンリーは冷笑を浮かべて言った。「でもぼくは、その人間を罰しようとは思いませんね……悪を滅ぼしたのですから！」そこでヘンリーは少し間を置いた。「かわいそうなボブ！ 彼を行かせるんじゃなかった……イギリスに立つ前に、定期的に電話をくれるよう約束したのに、最初の数日で電話はなくなり……連絡は途絶えてしまいました。ラティマー夫妻がどんな連中かは、いやというほど思いしらされていましたから、ボブは何らかの方法で殺されたのだとすぐにわかりました。早速ぼくは飛行機に乗り……それからのことは、ご存知の通りです」

「だったら、ヘンリー、どうしてすぐにやつらを告発しなかったんだ？ そうしていれば、きみのお父さんだって、殺されやしなかっただろうに！」

「ああ」とヘンリーは口ごもった。「そうだな……でもぼくにはわからなかった。想像もつかなかったんだ……まさか、あいつらが……それに証拠だってなかったし。ぼくが姿を見せたことで、やつらは動揺したはずです。二度も殺したと思った相手ですから。じらしておけば、あせって自分からボロを出すだろうと思っていました……アリスなんか、ずいぶん神経がまいっていたし……

今考えてみると、父を殺したのは狙う相手を間違えたのでしょうよ。標的は、きっとぼくだったんです！　ぼくを殺す理由なら、いくらでもありますから。まったく、哀れなやつらです！　こんなことになるとわかっていれば……」

ドルーは光る水晶球を見つめたまま、煙草に火をつけた。その顔は、今まで見たこともないほど穏やかで満ち足りていた。ヘンリーの説明を聞いて、ほっとしたのだろう。しばらくして、彼は口を開いた。

「この事件で犯人たちが鮮やかな手腕を発揮したことは、認めねばなりますまい。これほどの犯罪者には、めったにお目にかかれるものではありません。けれども、まだお父上を殺した一件が残っています……雪に足跡を残さずに、どのようにして屋敷を出たのか、興味あるところです。説明していただけ……」

「いいえ、ぼくにはわかりません」とヘンリーはさえぎった。「今は、まだ。きっと、何かトリックがあるのでしょうが……」

そのとき突然、ドルーの顔が歪んだ。口を開くものの声にならず、凍りついたようにじっと立ちすくんでいる。

「どうしました、主任警部?」とヘンリーが静かに訊ねた。

「いや……彼らが……ラティマー夫妻が殺されたのは、約二日前のはずだから……お父上を殺したはずないんだ……お父上が殺されて、二十四時間ほどなのだから……彼らじゃない……ありえないんだ……」

II 主任警部、髪を掻きむしる

重苦しい沈黙があった。ドルーは途方に暮れたようにすぱすぱと煙草を吸っては、頭上に煙の雲を作っていた。ヘンリーは真っ青な顔で、熱に浮かされたように手をよじらせている。こめかみにはうっすらと汗がにじみ、血管は異常なまでに膨らんでいた。

「それじゃあ、誰が？」とぼくはうめいた。「誰なんだ？」

ヘンリーは何とも言いようのない笑みを浮かべ、ぼくの顔をじっと見つめた。

「あの殺人を犯せるものは、この世にただひとりだ。ただひとり……」

なぜかはわからないが、ぼくはヘンリーの顔にぞっとするような恐怖をおぼえた。顔色は蒼白で、目ばかりがぎらぎらと輝いている。

「この世を支配した者」とわが友は続けた。「不死の男……」

「誰なんだ？」とドルーが声を張りあげた。

勝利の微笑がヘンリーの口もとに浮かんだ。

「ハリー・フーディーニだ！」傲岸不遜なその声は、ヘンリーのものとは思えなかった。

ドルーはしばらくのあいだ、呆然とヘンリーを見つめていた。

「ハリー・フーディーニだって！　でも……」と彼は言った。

静寂が戻った。驚愕の視線を浴びながら、ヘンリーはいらだたしげに煙草に火をつけた。

そして何度も唾を飲み込むと、また話し始めた。

「死の床にあったフーディーニは、妻にこう誓いました。あの世からメッセージを届けると。残りの生涯、妻はそのメッセージを虚しく待ち続けました。だからフーディーニは、死の王国から脱出することはできなかったのだと言われています……でもそれは、大きな間違いだったのです。フーディーニは信じがたい賭けに勝ちました。いや、ほとんど勝ったと言うべきでしょうか。彼が今まで名のりでなかったのは、自分が誰なのかわからなくなっていたからなのです！　死んでから三年後、フーディーニは他人の体を借りて再生したのです。一九二九年、ぼくが生まれた年に……

うまく説明しがたいのですがね。というのは、縁もゆかりもない体のなかに再生したのではなく、一種の遺伝だったからなんです。フーディーニは一族の子孫に乗り移ったのです」ヘンリーは感心したようにドルーを見た。「あなたが関わってこなければ、つまりあなたのすばらしい心理学者としての素質と分析力がなければ、あなたの洞察力とすぐれた知性がなければ、誰ひとりそんなことには気づかなかったからです！　フーディーニ自身でさえも！

というのも、フーディーニは……フーディーニはぼくなのだから！」

ぼくは心臓が止まったかと思った。ぼくもドルーも恐怖に身がすくんでいた。わが友は気が狂ってしまった。自分をフーディーニだと思っているんだ。

「すべてあなたのおかげなんですよ、主任警部さん」ヘンリーは幻覚でも見るような目をして、ありがたそうにドルーの手を揺さぶった。「そうですとも、あなたが関わってこなければ、自分が誰なのか決してわからなかったでしょう。あなたの論証、あなたの徹底した捜査が、ぼくの前世をはっきりと証明してくれたのです。ハリー・フーディーニ！　ぼくはハリー・フーディーニなんだ！　脱出王フーディーニ！　これほど顔が似ているのを、ほかにどう説明できるでしょう……父の生まれについて、ほかにどう考えればいいのでしょう……父の本名はヴァイスで……しかも出身はブダペストなんですから」ヘンリーは手に浮かんだ血管を、惚れ惚れと眺めた。「フーディーニの血がこの体には流れている。ぼくはフーディーニ、偉大なるフーディーニなのだ！

そうですとも、主任警部さん、何もかもあなたのおかげです。あなたがいなければ、決してわからなかった……母の死をもたらした者は生かしておけない……この手で殺さねばならないと、わからなかったでしょう……ぼくは母を崇めていた、母はぼくのすべてだった……母の死は恐ろしい試練でした。口では言いあらわせないほどに……

主任警部さん、一週間ほど前、あなたのおかげで自分がフーディーニだと気づいたとき、父には生きている資格がないのだと悟りました。三年前、父のせいで、フーディーニに生を授けた女性が自動車事故で死んでしまったのですから！　フーディーニは裁きをくださねばならない、その男を殺さねばならないのです。たとえ実の父親だとしても、母の命を奪うという許されざる罪を犯したのだから！」

こんな耐えがたい状況を前にして、ドルーは両手で顔を覆った。心理学者とあだ名される男は、誤った告発によって狂人を生み出してしまった！　ヘンリーを狂わせただけじゃない、殺人の動機まで与えたのだ！　警官としての職務に忠実だったばっかりに、自らの手で殺人者を作ってしまった主任警部だなんて、想像を絶するような話だ！

恐ろしい沈黙があった。ドルーは意気消沈していた。

「ヘンリー」とぼくは口ごもって言った。「そんなはずないさ！　きみはどうかしてるんだ！　だってほら、あの晩はずっとぼくといっしょだったじゃないか！　お父さんを殺せや……」

「できたんだよ、ジェイムズ。殺したのはぼくなんだ。ぼくが殺さねばならなかった。あの殺人は、まさに傑作なんだ……単純で巧妙な傑作さ！

ボブが殺されて以来、父を含めて村の住人は皆、ベッドのすぐ脇に弾を込めた銃を置くようになった。憶えているだろ、ジェイムズ、十時ごろぼくらが〝ハッピー・バースデイ〟を歌っているとき、電話がかかってきたよな。でたのはぼくだった。きみたちには問違い電話だと言ったけれど、本当は父からだったんだ。父は助けを求めていた。

〝ヘンリー、早く来てくれ！　寝室で銃の手入れをしていたら……暴発して、怪我をしたんだ……重傷だ……頭にあたった……死にそうだ……すぐに来てくれ……救急車を呼んで……まだ間に合うかもしれない……早く、ヘンリー、早く！〟

そうなんだ、ぼくは父を殺すことにした。またとないチャンスが、巡ってきたんだ。助けの到着を遅らせれば、母を殺した男を死に至らしめることができる！

それからぼくたちは、チェスをしたよな、ジェイムズ。もちろんぼくは、心ここにあらずだった。さもなければ負けたりしなかったさ、このぼくがね！　ゲームのあいだ、ぼくは状況を分析していた。父がほかにも電話した可能性はまずない。もうそんなことできる状態ではなかったろうし、ぼくにまかせてと言ってあったから。

けれども少し細工をすれば、事故を殺人事件に偽装できる！　そう思わせるんだ！　雪がまた降り始める前に死体が見つかるようにする。そして屋敷のまわりが一面の新雪ならば、不可思議な殺人事件だと思わせることができる！　フーディーニにふさわしい、驚異の殺人だ！　そのためには、まず事故を殺人に見せかけねばならない。

サーカスに出入りしていたころ、腹話術師と知り合いになってね……やり方を教えてもらったんだが、結局あまり成果はなかった。けれども彼が言うには、ぼくには声色の才能があるそうなんだ。

十一時少し前、チェスのゲームが終わったとき、ぼくは父に電話してみた……けれど誰も出なかったので……もう死んでいるのだろうと思った。そこで父の声色を使ってダーンリーさんに電話し、こう言ったんだ。〝人殺しだ……ああ、頭が……物音が聞こえて……目を醒ましたら……人影が見えて……銃で撃たれた……痛いんだ、ヴィクター……早く来てくれ……死にそうだ、早く、早く……〟その後のことは、知っての通りさ……けれども、父がまだ生きていると知ったときには、さすがに少しあせったけどね。幸いなことに、父は助からなかった……一時間の遅れが、致命的だったのさ！

もちろん、裏庭に面したドアを開けておいたのもぼくだ。実に愉快だね、それで犯人は雪に足跡をつけずに逃げたことになったんだ！　フーディーニにふさわしい、天才的な殺人だ！

もうひとつ教えようか、ジェイムズ。どうして銃声が聞こえなかったかわかるかい？　それはぼくらが〝ハッピー・バースデイ〟を歌っている最中だったからさ！　アハハ！

こんな打ち明け話をするのもね、ぼくはあなたがたを信頼しているからですよ。他言はしないだろうって、わかっているんです……主任警部さん、ぼくが本当は誰なのか教えてくれて、お礼の言いようもないほどです……ありがとう、主任警部さん、感謝してます」

ぼくは椅子のうえで身を縮めていた。ヘンリーの恐ろしい声をもう聞きたくない、消え入ってしまいたいと思いながら。

「……ラティマー夫妻は、友人のボブを殺しました……やつらを告発すべきか、この手で裁くべきか、初めは決めかねていました。長いあいだ迷っているうちに……見れば車に荷物を積んでいるじゃないですか。すぐにでも出発しそうだ。何とかしなくては……ぼくはやつらの部屋に忍び込んで、眠っている隙に殴りかかり……手足を縛り、猿ぐつわをかませました……意識が戻ったとき、震えあがったことでしょう。ナイフを手にしたぼくが、恐ろしい形相でのぞき込んでいるのですから。やつらの顔といったらありませんでしたよ！　復讐をしてやる！　ぼくが三年前に耐えたのと同じ苦しみを味わわされるのだと知って、恐怖に顔を歪めていました。やつらが苦しむよう腹をいくらか切りつけたあと、ナイフの一撃で裁きをくだしてやりましたよ。ええ、あの人非人どもは、やつらにふさわしい最期を遂げました。この村に不幸をもたらした卑劣漢らしい最期をね。けれどもぎしぎしと軋む階段から、死体を運び出すことはできませんでした。ヴィクターに見つかるかもしれません。そこでとりあえずソファのなかに隠し、機会を見てどこかに始末するつもりでした。でも糸を切ってなかのスプリングを取り出すのに、思いのほか手間取ってしまいました。急いでいたので、邪魔な中味は窓からできるだけ遠くへ投げ捨てたのです。

やつらの車と荷物は、近くの川に沈めました……ぼくは……おや、どうしました？　ジェイムズ、どうして泣いてるんだ？　主任警部さん、そんな死人のような顔をして！　しゃんとしてください！　目の前にいるのは、フーディーニなんですよ！　脱出王ハリー・フーディーニ！　死から甦った男！　驚異の……」

ぼくにはもう耐えきれなかった。少しずつ、意識が薄れていく。最後にちらりと見えたのは、拳銃をふりかざすドルーの姿だった……

III　ぼくは別れを告げる

「わかりました、ドルー主任警部。車を盗まれたんですね……でも、自動車の盗難くらいで、どうして州警察をすべて動員するんですか？　午前一時ですよ！　死体を二つも抱えているというのに、自動車泥棒の追跡に固執するなんて！　はっきり申しあげますがね、主任警部……」

「黙れ！」

「いいでしょう、主任警部……こっちの仕事は終わりました。死体はもう運ばせます。国中を捜しまわったっていうのに、目の前に犯人がいたとはね。つまり……」

「巡査部長、これ以上無駄口をたたいたら、きみを……」

「わかりましたよ、ボス、わかりました……おや、スティーヴンズさんが気がつかれたようだ。でもまだ、説明されてませんよ、主任警部。どうしてスティーヴンズさんは気を失ったんですか？　主任警部の額にできたそのこぶは何なんです……」

「静かにしたまえ、巡査部長。もうたくさんだ！　帰ってくれ、ほかのみんなも！　害者を忘れないようにな！　盗難車の手がかりが得られるまでは、決して戻ってくるんじゃないぞ」

頭がはっきりし始めた。警官たちが客間を出てゆく。死人のように真っ青な顔のドルーが、こちらに近寄ってきた。その額には、大きな血腫があった。

「気分はいかがかな？」とドルーは訊ねた。

「ええ、大丈夫です。ヘンリーはどこに……」

「ちょっと待って、全員が立ち去るまで」とドルーはいらだたしげにさえぎった。「さて、もういいだろう。今のところ、ヘンリーが殺人犯だと知っているのはわたしたちだけです。先ほど、彼を逮捕しようとしたとき、顔面に水晶球を投げつけられましてね。気がついたら、彼は姿を消していました……わたしの車ともども！」

警官がひとり、客間に入ってきた。

「ボス、車が見つかりました！　ロンドンにむかって、猛スピードで走っています！」

「よし、急ごう」とドルーは息を切らせてぼくに言った。

「いっしょに来てください！　あなたの助けが必要になりそうだ」

午前三時。ドルーとぼくは警察車から降りた。

「あそこです、ドルー主任警部。橋のうえです。銃を持っているので、近づけません。すでに二人の警官が、怪我を負っています……どうしたらいいでしょう？」

「何も手出しするな。全員配置についていろ。やつは逃げられないんだな？」

「もちろんですとも！」と驚いたように警官が答えた。「橋の両側を押えてありますから、凍りつくようなテムズ川に飛び込まない限りは。でもそんなこと、自殺行為ですがね。主任警部の車ですが、どうやら……」

「車のことなんかどうでもいい！」とドルーは怒声を放った。「言われたとおりにするんだ！　いいか、わたしが行くから、誰も動くんじゃ……」

「気でも狂ったんですか、主任警部！　撃たれてしまいますよ！　やつは銃を持っているんです。すでに……」

ドルーは危うく部下を殴りつけそうになったが、すんでのところで思いとどまった。そして橋にむかった。

「ちょっと待って、主任警部さん。いっしょに行きます！」とぼくは叫んだ。

ドルーはふり返り、しばらくぼくの顔を見ていたが、やがてこう言った。

「きっと車のグローブボックスにあった銃を持ち出したのだろう。とても威力のある銃だから、どんな危険が……」

「ええ、わかってます。でもぼくは親友ですから、まさか撃ったりはしないでしょう」

ドルーは一瞬躊躇したが、ついてくるよう合図した。

橋の両側を守っている警官は、まるで最後の見納めであるかのように、ぼくらを眺めていた。ドルーが橋にさしかかる。ぼくは追いつこうと足を速めた。

わずか数時間前、ぼくとヘンリーはいっしょに食事をしていたというのに。生涯の親友ヘンリー……そのヘンリーは怪物になってしまった……もうすぐ姿をあらわす。欄干の陰から……テムズ川は銀色の月光を受け、静かに流れている……あのヘンリーが、人殺しだなんて！

「いたぞ」とドルーが叫んだ。中央の欄干から、人影があらわれた。ヘンリーだ！「普通に歩くんだ。何ごともないようにして」

「動かないで、主任警部さん。ぼくが行きます」

「いかん、そんなこと」

「だったら、ぼくのあとから来てください」

今ではもう、ヘンリーの顔もはっきりと見える。そこには驚きと狂気の表情があった。すっかり形相が変わっている。

「来るんじゃない！」そう言ってヘンリーは、こちらにむけてピストルをふりかざした。

「ヘンリー、ぼくだ。ジェイムズだ」

「止まれ！」

「きみは病気なんだよ、ヘンリー。治療をしなくては。さあ、銃を渡して」

ヘンリーのところまで、あと数メートルだった。引き金にかけた指に力が入る。ぼくはまっすぐに彼の目を見つめた。

ヘンリーはうつむくと、ピストルを地面に落とした。

「ジェイムズ」と彼は悲壮な声でつぶやいた。

そしていきなり欄干を乗り越えると、虚空に身を躍らせた。夜の静寂を破って、水に落ちる音が響く。ぼくとドルーは欄干に身を乗り出した。テムズ川の黒い水面《みなも》には、何ひとつ浮かんでない。

「終わったんだ」しばらくしてドルーが言った。「もう、どうしようもない。でも、これでよかったのかも……」

「主任警部さん、ヘンリーは好青年でした。彼が父親を殺しただなんて、知られないほうがいいんです……そうでしょう……誰にも知られないほうが……ラティマー夫妻は自業自得ですし」

ドルーはぼくの肩を抱いた。

「父親の死はヘンリーの責任じゃない。悪いのは、愚かな主任警部だよ。心理学者などと呼ばれている主任警部さ！　誰よりも狡猾だとうぬぼれていた主任警部なんだ！　ああ、きみにはわからんだろうな。わたしがどれほど自己嫌悪に苛まれているか、わかりはしないだろう。妻子がいなければ、きみの友人のあとを追って川に飛び込みたいくらいだ。へンリーはわたしの告発のせいで、すっかり狂ってしまい……

心配しなくていいさ。この恐ろしい事件の真相について、誰ひとり知ることはないだろう。うまく手はずを整えるから、安心してくれたまえ。ホワイトさんの死は、実際どおり事故ということにする。そのあときみの友人は、悲嘆のあまり自殺した。ラティマー夫妻は前歴が前歴だから、殺された理由もすぐに説明がつく。騙された被害者のひとりが、彼らのインチキに気づいて、仕返しをしたんだ」

テムズ川のほとりに、いくつか懐中電灯の明りが揺れていた。ライトの光が水面を通り過ぎる。

足音が響いて、警官が近づいてきた。

「さあ、行こう」とドルーが言った。「生きて救出される見込みはない。家まで送ろう」

「いいえ、けっこうです、主任警部。まだ、帰りたくありません。ひとりにさせてください。ひとりに……」

翌日、スティーヴンズ夫妻は息子ジェイムズの捜索願いを出した。けれどもジェイムズは、ついに見つからなかった。

第五部

エピローグ

信じられない！　こんなでたらめな事件を、ツイスト博士は見事解決してしまった！　まったく驚きだ。博士の解決は首尾一貫しているし、謎解きも論理的だ。まるで作者のわたしが、初めから結末をきちんとわかっていたかのようじゃないか。でも実際はそうじゃない。そうじゃないということは、このわたしがいちばんよく知っている。博士はボブ・ファーとホワイト氏殺しに充分納得のいく説明を与えたばかりか、ヘンリーが取り続けた奇妙な態度もきちんと解明している。

ということは、二つにひとつ。ツイスト博士が本当に人並みはずれた天才か、さもなければ初めからわたしが、無意識のうちにすべてを考えて書いたかだ。通常、わたしが一日に執筆する枚数は、めったに三ページを超えることはない。考えをまとめたり、色々と参考文献にあたったりするので、何度も執筆を中断されるからだ。ところがこの物語は、十日で書きあげてしまった。使った資料もたった一冊、フーディーニに関するものだけだ。

これには自分でもびっくりしている！　でもツイスト博士は、結末部分でなぜジェイムズ・スティーヴンズを失踪させたのだろう？　あれは事件と何も関係がない！　まったく、何も！　奇妙な話じゃないか。

そういえば添付の手紙にも、おかしなことが書いてあったような……ちょっと見てみよう……ああ、あった。〝……貴君の物語からもたらされる結論はただひとつです……。若干の助力を得たことは認めましょう……次にお会いした際に、ゆっくりとお話しいたしましょう……〟これはどういうことなんだ？

まあいい、考えてもしかたない。電話をすればすむことなんだ！

わたしはダイヤルをまわしかけて、思いなおした。二、三日待たせたほうがいい。すぐにこちらから電話をしても、ツイスト博士を喜ばせるだけだ。それに受話器のむこうから、慇懃無礼な勝利の声を聞くなんて、まったくもって願い下げだ。こんなにやすやすと謎解きをされたのは、はっきり言っていささか業腹だった。手だれのミステリ作家であるこのジョン・カーターが、できやしないと請合ったのに。

もう昼近くだが、ジミーはまだ戻ってこなかった。ホワイト・ホースで昼食をとるつもりだったけれど、食欲はなかった。ジミーもやって来ないところをみると、同様なのだろう。そういえば今日はまだ、外の空気を吸っていなかった。そこらを軽く散歩すれば、気分もよくなるだろう。

わたしの家は、野原の真ん中にぽつんと建っていた。いちばん近くの村でも、一キロメートル以上離れている。静かで落ちついた環境は、インスピレーションを得るのに恰好だった。

わたしは考え込みながら、緑広がるゆるやかな谷間の小道を歩いた。雑然とした思いが頭のなかで渦巻いていたが、やがて心は休まり、からっぽになった……いい気分だ、もう何も考えていない。涼しいそよ風と心地よい陽光が頬を撫でる。そう、とてもいい気分だ。時間の感覚を、すっかりなくしてしまうくらいに。そんなわけで屋敷に戻ったときには、すでに午後二時をまわっていた。

書斎に入ると、仕事机の前にすわっていたジミーが、びくっとしたように立ちあがった。その手には、ツイスト博士の原稿が握りしめられている。

「読んだのか？」とわたしは詰問口調で言った。

「読んだかって……」ジミーは口ごもってそう言うと、怯えたような目で原稿を一瞥し、机に戻した。「いいや、きみを待っていて……なにげなく手に取っただけさ……ぼくは……読んでなんかいないよ……」

「こんなに遅くなって、気を悪くしないでくれよ。散歩をしてたら、食事の時間をすっかり忘れてしまってね」

「何でもないさ。どのみち、食欲がなかったから。それじゃあ、待ち合わせがあるんで、失礼するよ……」

その日、ジミーはもう姿を見せなかった。翌日も、翌々日も。そんなに音沙汰ないのは妙だと思い、家に電話してみたが応答はなかった。そこでわたしはアパートの管理人に電話した。

「こんにちは、ジミー・レッシングさんとお話ししたいのですが」

「レッシングさんは、もういらっしゃいませんよ」とつっけんどんな女の声が答えた。

「いないって、どういうことですか？」

「だから、いないんですよ。二日前に引っ越したんです」

「引っ越したですって！　でも、どこへ？」

「わかりませんね。住所を教えていきませんでしたから。わたしにわかるのは、もう国を出たってことだけです。アメリカがどうのって言ってましたけど、それ以上のことは何とも」

わたしは受話器を置いた。頭に血がのぼった。ジミーがわたしに告げずに、突然イギリスを離れるなんて！　どういうことなんだ？

そのとき電話のベルが鳴り、わたしははっとわれに返った。

「どなたですか」

「ロナルドさんですね？」

「ああ、ツイスト博士！　ちょうどよかった。お手紙、読みましたよ。実にすばらしい。感嘆しました。まさか……」

けれどもアラン・ツイストは、ただならぬ口調でさえぎった。

「今日の夕方にでも、わが家においでいただけますか」

「ええと……そうですね……ああ、大丈夫です。それでは、五時ごろうかがいましょう。よろしいですか？」

「いいですとも。はい、どなた？　ああ、お入りください、先生！　ちょっとお待ちを。ロナルドさん、主治医の先生が見えたので、またのちほど」

「煙草は全面禁止だって言うんですよ！」とツイスト博士は、憤懣やるかたなさそうに言った。「ひどい話じゃないですか！　心臓をお大事にだなんて、まるで時々パイプを一服するのが、体に悪いみたいに。わたしの場合、煙草はものを考えるのに必要不可欠なんですよ！　何てのたまわったと思います？　あの藪医者めが！　まだウイスキーが飲めるだけでも幸せだと思え、ですって。飲めるといったって、むろんささやかなものですけど。医者なんぞ、ろくなものじゃない！」

こう話しながら、ツイスト博士は大きな海泡石のパイプを取り出し、葉を詰めて火をつけた。それから肘掛け椅子の背もたれにゆったり寄りかかると、フランス窓の遙かかなたに見える海をじっと眺め始めた。激しい風が、窓ガラスを揺さぶっている。砂浜には高い波がよせては返ししていた。

「ひどい天気ですね！」ツイスト博士は静かな口調でそう続けると、寒そうに部屋着の前を合わせた。「ウィスキーでも少しやれば、温まるでしょう……きっとお口に合いますよ」

彼は立ちあがると、長身の背筋をいつものようにぴんと伸ばした。きっと庭いじりだけでなく、日々トレーニングで鍛えているのだろう。そして自慢のウィスキーを捜しに、サイドボードに歩みよった。

たしかにウィスキーはおいしかったけれど、それでいい気持ちになってはいられない。わたしはきっぱりとした口調で訊ねた。

「博士、なぜジェイムズ・スティーヴンズを物語の結末で失踪させたのですか？　あれは余計だと思うんですがね！」

ツイスト博士は鼻眼鏡のむこうから、しばらくじっとわたしを見つめていた。

「この前お会いしたときのことを、憶えていらっしゃるかわかりませんが」と博士は髪の毛をかきあげながら言った。「わたしの申し出はこうだったですよね。あなたは結末を気にせず、謎に満ちた話を書くことと」

「たしかに、そのとおりにしましたが！」

博士は激しく首を横にふった。

「いいえ、あなたはゲームの規則を守らなかった。謎解きを熟知したうえで、物語を書いたのです」

「そんなことありませんよ、絶対に」とわたしは激しく抗議した。

「いや、いや、いや！　あなたの物語に散りばめられた数多くの手がかりが、はっきりと結末を示しています。それ以外には考えられない、唯一の結末をです！　あまりに明々白々すぎて、あれこれ考えるまでもありませんでした」

「博士、わたしはたしかに……」

「それならアーサー・ホワイトなる登場人物も、想像で作り出したものだとおっしゃられるのですか？　かの高名なる作家アーサー・ホワイトも！」

わたしの脳裏に、はっとひらめくものがあった。

「ちょっと待ってくださいよ……アーサー・ホワイト……そう言われてみると、聞き憶えがあるような」

「わたしはよく知ってますよ」そう言ってツイスト博士は、パイプからたちのぼる紫煙の帯を目で追った。「アーサー・ホワイトは実在の作家です。銃の手入れ中、事故で死にました……一九五一年に。その二日後、父親の死にショックを受けた息子のヘンリーも、テムズ川に飛び込んで自殺しました……あなたの物語と同じように」

「そのころはまだ、イギリスに住んでませんでしたけど。ああ、そういえば、聞いたことがあります。それじゃあ無意識のうちに、三面記事の内容を下敷きにしていたんですね。まさかとは思いますが……」

ツイスト博士は咳払いをすると、また話し始めた。

「下敷きなんてものではありません。あなたは事実をそのままに語っているのです。あなたの原稿を読んで、すぐに友人のハースト君に電話してみました。今は引退していますが、ロンドン警視庁の元主任警部です。そしていろいろ話したのですが、彼もホワイト氏の事故死と息子さんの自殺についてはよく憶えていました。そこで事件の裏に隠された、もうひとつの真実をぶつけてみたんです。つまり、あなたの書いた物語から推理した真実を。するとハースト君は、何て答えたと思います？」

「……」

「アーサー・ホワイトの死は事故だと思われてきました。けれどもそれは、今から約八年前、死の床にあったドルー主任警部が真実を明かすまでのことなんです！」

わたしは耳を疑った。

「それじゃあ、ドルーも実在したんですか？　まさか、そんな！　彼はわたしが作り出して……」

「いえ、ロナルドさん、あなたは誰ひとり作り出してなんかいないんですよ」そう言ってツイスト博士は鼻眼鏡をなおし、わたしを見つめた。「アーサー・ホワイトも、息子のヘンリーも、そして友人が死んだ翌日に失踪したジェイムズ・スティーヴンズも。すべての登場人物が実在しているんです。もちろん、姓や名のなかには、多少違っているものもありますが、それは問題ではありません。この事件は、あなたの小説に書かれているとおり、実際に起きているんです……

当然のことながら、ドルー主任警部の告白が公になることはありませんでした。理由はわかりますよね。考えてもみてください。ロンドン警視庁の主任警部に犯人扱いされた結果、高名な作家の息子が自分をフーディーニの生まれ変わりだと信じ込んで、父親を殺してしまったんです！　こんなことが人々に知られたら、イギリス警察にとってどんなスキャンダルになることか！

あなたにお送りした原稿は、この陰惨な事件に隠された真の結末を、ほぼ忠実にたどっています。ドルー主任警部の告白を、ハースト君が特別に見せてくれたおかげでね。手紙のなかで触れていたのも、そのことなんですよ。謎解きは自分でしましたが、結末の導き方はその告白を参考にしたんです。そう、この悲劇は現実に起きたことなんです。あなたが……いえ、わたしたちが書いたとおりに。

そしてヘンリー・ホワイトが死んだ翌日、つまり一九五一年の十二月、ジェイムズ・スティーヴンズは行方不明になり……未だに見つかっていません」

最後の言葉が、沈黙のなかに重く鳴り響いているあいだ、ツイスト博士はわたしの目をまっすぐに見つめていた。

「ロナルドさん、ここでひとつうかがいたいのですが」と彼は話を続けた。「あなたはどのようにしてこの話を知ったのでしょうか？　あなたは知っていた。偶然の一致ではありませんよね。それはお認めになりますよね？　それじゃあ、どうして？」

えもいえぬ不安がわたしを包んだ。心は千々に乱れ、考えがさっぱりまとまらない。

「ツイスト博士」とわたしはつぶやいた。一瞬の間が、永遠のように感じられた。「嘘ではありません、あの物語は、何も考えずに書きあげたんです……机のうえにあったフーディーニに関する本一冊を参照して……ちょっと待ってくださいよ！　わたしは今、五十歳ですが……ジェイムズ・スティーヴンズがまだ生きてれば、同じくらいだ！　それに子ども時代、少年時代のことはまったく憶えていない……一九五三年三月のある日、カナダの警察に職務質問を受けたんです。わたしはぼろぼろになって、道を歩いていました……どこまでも続く道を……警察の質問には答えられませんでした……わからなかったんです、何ひとつ……自分が誰なのか、どこから来たのか。身分証も持っていませんでした。もちろん、あれこれ調べられましたが成果なしです。わたしの顔かたちに一致するような行方不明者の届けは、カナダでも合衆国でも出されていませんでした。結局、年齢は二十五歳とされ、ロナルド・バウワーズと名のることになりました。ええ、わたしはいわゆる記憶喪失者なんです。ありとあらゆる専門家にも診てもらいましたが……記憶は戻りませんでした。しかたなくわたしは、現状を受け入れることにしたんです。六〇年代の初頭にカナダを離れ、イギリスに渡って新聞記者の仕事をし……それからの経歴はご存知のとおりです。

ですから、わたしは一九五一年に失踪したジェイムズ・スティーヴンズかもしれないんです！　日づけは合うし……でも信じられないな……まさか、そんな……」

ツイスト博士は肘掛け椅子に体を沈め、目を閉じていた。そのにこやかな顔には、満足感に酔うような表情があった。何度もずり落ちる鼻眼鏡をなおすと、彼はにっこり微笑んだ。

「いえ、大いにありうることですよ、ロナルドさん。大いにね。あなたの書いた物語は作り話じゃない、事実なんだと知って、それにジェイムズ・スティーヴンズなる人物が一九五一年の十二月に失踪したことを知って、あなたのことを調べてみたんです。するとあなたが記憶喪失で、出自についてはまったく不明だとわかりました。ええ、あなたがジェイムズ・スティーヴンズである可能性はきわめて高いんです」博士はここで間をおき、また続けた。「いずれにせよ、すぐにわかることです！」

わたしはあっけにとられていた。

ツイスト博士は傍らのテーブルに置いてあった大きな封筒を取りあげ、勝ち誇ったようにふりかざした。

「わたしの要請により、ハースト君がホワイト関連書類の一部を送ってくれたんだが、ジェイムズ・スティーヴンズの写真も含まれているはずです」彼はまだ未開封の封筒を見つめた。「届いたのは今朝、あなたにお電話する直前です。封を開けるのは、おまかせしましょう……」

胸を高鳴らせながら、わたしはひったくるようにして封筒を受け取った。封を破り、書類を取り出す。一瞬のち、わたしは勝利の叫びをあげた。

「わたしだ！　ジェイムズ・スティーヴンズだ！　信じられない！　この写真を見てください、ツイスト博士。わたしですよ……数十年前のね……つまりわたしは、ジェイムズ・スティーヴンズだったんだ。驚いたな」

わたしは財布をつかんで、なかから小さな写真を取り出し、資料の写真と並べた。

「見てください、この写真。これは三十歳のわたしです……ほら、資料の写真と比べてみると……間違いありません、ぼくはジェイムズ・スティーヴンズだったんです！」

「二つの顔は同一人物ですね」とツイスト博士はうなずきながら言った。

博士が二枚の写真を調べているあいだも、わたしはしゃべり続けた。

「実を言うと、ちらりと思ったんですよ。もしかして、ジミー・レッシングが……彼のことはご存知ですか？　劇作家なんですが、すっかり酒びたりになってしまい……ともかく、わたしの仕事を手伝ってもらってましてね。小説のアイディアを、いろいろと提供してくれるんです。それで彼から聞いた話を、無意識のうちに書きつけてしまったんじゃないかと思ったわけで。ジミーも生まれはイギリスではなく、アメリカ人です。だから考えたんですよ。ジェイムズ・スティーヴンズではなく、彼はヘンリー・ホワイトじゃないかってね！　ええ、違うとはいいきれません。それなら当然ジミーも、この物語を知っていたでしょうからね。一昨日のこと、あなたが送ってきた原稿を読んでいるのを、見てしまったんですよ。それ以来、行方をくらましてしまい、どうやらイギリスを離れたようなんです！」

ツイスト博士はわたしの話など耳に入っていないようだった。ただぼんやりと、虚空を見つめている。やがて彼は話し始めた。

「あなたの書き方には、奇妙なところがありましてね……語り手、つまりジェイムズ・スティーヴンズのことなんですが。彼がどういう人物なのか、よくわからないのですよ。影の薄い、どっちつかずの存在で、自分の趣味や好みについて明かしていません……何ひとつ。彼の人となりについて、ひとつだけわかるのは、女嫌いだということです。彼が描く女性像は愚鈍で威圧的、凡庸あるいは悪辣なものです。彼が好意的に見ている女性はただひとり、ホワイト夫人だけです。ホワイト夫人の優しさ、寛大さが、ことさらに強調され……」

この指摘にむっとして、わたしは思わず大声を出した。

「だからですね、ジミー・レッシングは突然イギリスを発ったんですよ。それでわたしは、彼がヘンリー・ホワイトだろうと疑っていたんです。でもそれは、馬鹿げた考えでした。ヘンリー・ホワイトはテムズ川で溺れ死んだのですから……」

「たしかにそう思われました」とツイスト博士は、口調を変えてさえぎった。「遺体は見つからなかったのですが……水は凍りつくほど冷たくて……生身の人間だったら、とても生きのびられるはずありません……」

「それはまあ、さして問題ではありません」とわたしはため息混じりに言った。「でも、まだ実感がわきませんよ……このわたしがジェイムズ・スティーヴンズだったなんて。考えてもみてください。もしあなただったら……おやツイスト博士！　どうかしましたか？」

博士は顔を曇らせ、悲しそうな目をした。額には小さな玉の汗が浮いている。そして裏返した資料の写真を、じっと注視していた。

「写真の顔はたしかにあなたです、ロナルドさん」そう言ったツイスト博士の声には、激しい動揺があらわれていた。

「その点は間違いありません……でも、裏に書いてある名前はジェイムズ・スティーヴンズではなく……ヘンリー・ホワイトなんです」

訳者あとがき

謎と驚異の代わりに暴力とセックスが跋扈するこの時代に背を向け、謎解きの名に値する小説を書き続けている唯一の作家。あなたこそ、本格ミステリを守る最後の砦なのだと申しあげましょう。

これは、本書のなかに登場するミステリ作家に対してむけられたセリフの一節である。作中での設定こそ一九七九年のイギリスとなっているが、ここには作者ポール・アルテがミステリを書くにあたり、自らが取るべき立場についての決意が込められていると考えてさしつかえないだろう。というのも彼は、ロマン・ノワールやサスペンス小説が主流のフランス・ミステリにあって、ひとり密室ものにこだわり続ける変り種の作家だからだ。フランスの代表的なミステリ・ファン・サイトのひとつであるLe Coin du Polar（「ミステリ・コーナー」http://polar.mc.com）で、ルネ・バローヌは次のように述べている。

ポール・アルテはフランス・ミステリのなかでは特異なケースである。ロマン・ノワール、シリアル・キラー、郊外といった現代的な流行に逆行している。今日、その名声を作りあげたのは、密室の謎に傾ける愛着だ。そして密室を好んだジョン・ディクスン・カーに、彼は賞賛を惜しまないのである。

本格ミステリにかけるアルテの情熱のほどは、実質的なデビュー作となった本書をお読みになれば、充分感じ取っていただけるに違いない。密室、幽霊屋敷、交霊会、分身……次々に繰り広げられる謎また謎の展開にいったいどう収拾をつけるのか、読んでいるこちらが心配になってくるくらいだが、最後にはすべて合理的に解決されるのみならず、そのあとにも二重、三重の驚きが用意されている。おどろおどろしい怪奇趣味に、稀代のマジシャンとして名高いフーディーニを絡めたアイディアには、しばしば〝フランスのディクスン・カー〟と呼ばれるアルテの作風が典型的に示されている。また、コナン・ドイルをモデルにしたと思しき作家や、ジョン・カーターなるミステリ作家が登場するなど、ミステリ・ファンなら思わずにやりとするような遊びも入っている。

その後もアルテは、ほとんど毎年のように長篇作品を発表し、現在までにその数二十六作。ほかにも短篇がいくつかあり、熱烈なミステリ・ファンを中心に高い人気を誇っている。フランスの国外ではすでにルーマニアで一作、イタリアで七作が翻訳されているが、日本で紹介される長篇は本作が初めてである。

そんなアルテはいかにしてミステリ作家となったのか。本人がインタヴュー（『作品集1』*Les Intégrales Paul Halter Tome 1*に収録）で語っているところなどをもとにしながら、以下にざっとまとめてみよう。一九五五年（一九五六年となっていることもある）、フランス北東部アルザス地方の町アグノー生まれ。幼い頃から子ども向けのミステリ・シリーズに親しんでいたが、やがて母親や姉の影響でアガサ・クリスティーを読み始め、十六、七歳ですべての長篇を読破してしまったという。特に好きなクリスティー作品はときかれて、『白昼の悪魔』と『死が最後にやってくる』の二冊を挙げている。「クリスティーの小説には、とてもイギリス的な雰囲気がありますね。まあ、フランス人が想像するようなイギリスですが！」とアルテは言っているが、オックスフォードに近い小村を舞台にした本作の雰囲気には、クリスティーに通じるところもあるように思う。

クリスティーを読み尽くしてしまったあとは、ハドリー・チェイスに凝った時期を経て、いよいよカーとの運命的な出会いをすることになる。そのあたりの事情については、少し長くなるがアルテ本人の言葉をそのまま引用しよう。

カーを発見したのはまったくの偶然でした！　アガサ・クリスティーを読み終えてしまうと、もうめぼしい作家はまったくいませんでした。それに当時は、手に入るミステリも限られていましたし。そんな折、本屋をぶらぶらひやかしていると、『囁く影』と『死が二人をわかつまで』の二冊がいっしょにあったのです。裏表紙を読んでみて、すぐにぴんときました。こいつはマニアックな作家だぞってね。けれども、まだ判断は保留しておきました。書いてある粗筋どおりのレベルに中身が達しているか、確かめてやろうじゃないか。初めに読んだのは、『囁く影』のほうです。すばらしい発見でした！　塔のうえで、リゴー教授の見たものは……しかもカーは、ほかに七十作も書いているそうじゃないですか！　でもフランスでは、もうほとんど手に入らないなんて……ぼくはすっかりパニックに襲われましたね！

そこでアルテはパリのミステリ専門古書店にまで足を伸ばし、大枚をはたいてカーの作品を買い集めていくのだが、いずこも同じファンの心理よと微笑ましくなる。かくしてカーの信奉者となったアルテは、自らも筆を執ることになるのだが、そのへんの裏話も面白い。執筆を始めた「いちばんの動機」は何かと訊ねられて、アルテはこんなふうに答えている。

いちばんの、ですか……（しばらく考え込む）たぶん、フェル博士やH・M卿の調査を続けさせたかったのでしょう。特にフェル博士の調査を。一九八四年に最初の小説、『赤髯王の呪い』を書きましたが、初めはギデオン・フェルを登場させました。けれども、フェル博士を使う権利が得られなかったので、人物を作り変えた結果できたのが……ツイスト博士だったのです。ツイスト博士は肥満ではなく痩せ型ですが、いくつかの細部を除けば、フェル博士と同じような立ち居振舞いをしています。

なるほど、ファンが嵩じてフェル博士ものの〝新作〟を書きたいと思ったのが執筆の動機だったというのだから、アルテは文字どおりカーの衣鉢を継いでいるのである。ツイスト博士の造形がフェル博士と似ているのも、もともと同一人物だったのだから当然といえば当然だろう。

ところで、最初の作品として名前が挙げられている『赤髯王の呪い』*La Malédiction de Barberousse*は、一九八六年に地元の文学賞〈アルザス＝ロレーヌ作家協会賞〉を受賞したものの公刊には至らず、五十五部限定の私家版として出版するにとどまった（のちにマスク叢書から刊行）。そこで次に満を持して書いたのが、本書『第四の扉』である。『第四の扉』は見事一九八七年度コニャック・ミステリ大賞を受賞し、アルテはマスク叢書から晴れてデビューを果たすことになる。ちなみにコニャック・ミステリ大賞とは、コニャック・ミステリ映画祭の一環として新人の発掘を目的に一九八三年に創設された賞で、アルテを始めとしてアンドレア・ジャップやフレッド・ヴァルガスなど、現在フランス・ミステリの第一線で活躍中の作家を輩出している。優れたミステリ映画を撮っている監督のクロード・シャブロルも、選考委員のひとりに名を連ねているが、『第四の扉』はカーの大ファンであるシャブロルから絶賛を受けたという。

続く『赤い霧』*Le Brouillard rouge* で一九八八年度冒険小説大賞を受賞し、アルテはミステリ作家としての地位を確固たるものにした。舞台を一八八七年のイギリスにとったこの小説にはツイスト博士こそ登場しないものの、密室殺人と切り裂きジャックを絡めた興味深い作品となっている。一作書き終えると、すぐに次のアイディアが浮かんでくるというアルテの作品は、どれを読んでも駄作がない。いまや師匠のカーを超えたとも評されるアルテに、わが国の本格ミステリ・ファンの熱いご支持を期待したい。

最後に、本書を上梓するにあたりお世話になった方々に感謝します。とりわけ早川書房《ミステリマガジン》編集長の今井進氏には、企画の実現から細かな原稿チェックにいたるまで、多大なご尽力をいただきました。こころよりお礼申しあげます。

二〇〇二年四月

付記 二〇一八年七月現在、長篇作品は四十作に達している。
また前記ミステリ・ファン・サイト「ミステリ・コーナー」は、すでに閉鎖されている。

ポール・アルテ作品リスト

（(T) はアラン・ツイスト博士シリーズ　(B) はオーウェン・バーンズ・シリーズ）

長篇

1 *La Quatrième Porte* (1987) (T)『第四の扉』ハヤカワ・ミステリ（二〇〇二）、ハヤカワ・ミステリ文庫（二〇一八）、本書
2 *Le Brouillard rouge* (1988)『赤い霧』ハヤカワ・ミステリ（二〇〇四）
3 *La mort vous invite* (1988) (T)『死が招く』ハヤカワ・ミステリ（二〇〇三）
4 *La Mort derrière les rideaux* (1989) (T)『カーテンの陰の死』ハヤカワ・ミステリ（二〇〇五）
5 *La Chambre du Fou* (1990) (T)『狂人の部屋』ハヤカワ・ミステリ（二〇〇七）
6 *La Tête du tigre* (1991) (T)『虎の首』ハヤカワ・ミステリ（二〇〇九）
7 *La Septième Hypothèse* (1991) (T)『七番目の仮説』ハヤカワ・ミステリ（二〇〇八）
8 *La Lettre qui tue* (1992)『殺す手紙』ハヤカワ・ミステリ（二〇一〇）
9 *Le Diable de Dartmoor* (1993) (T)

10 *Le Roi du Désordre* (1994) (B)
11 *À 139 pas de la mort* (1994) (T)
12 *L'Image trouble* (1995) (T)
13 *La Malédiction de Barberousse* (1995) (T) 『赤髯王の呪い』ハヤカワ・ミステリ（二〇〇六）
14 *Le Cercle invisible* (1996)
15 *L'Arbre aux doigt tordus* (1996) (T)
16 *Le Crime de Dédale* (1997)
17 *Les Sept Merveilles du crime* (1997) (B)
18 *Le Géant de pierre* (1998)
19 *Le Cri de la sirène* (1998) (T)
20 *Meurtre dans un manoir anglais* (1998) (T)
21 *L'Homme qui aimait les nuages* (1999) (T)
22 *Le Mystère de l'allée des Anges* (1999)
23 *Le Chemin de lumière* (2000)
24 *L'Allumette sanglante* (2001) (T)
25 *Les Douze Crimes d'Hercule* (2001) (B)

26 *La Toile de Pénélope* (2001) (T)
27 *Les fleurs de Satan* (2002)
28 *Le Tigre borgne* (2004)
29 *Les Larmes de Sibyl* (2005) (T)
30 *La ruelle fantôme* (2005) (B)『あやかしの裏通り』行舟文化近刊
31 *Lunes assassines* (2006)
32 *La chambre d'Horus* (2007) (B)
33 *La nuit du Minotaure* (2008)
34 *Le testament de Silas Lydecker* (2009)
35 *Les meurtres de la Salamandre* (2009) (T)
36 *La corde d'argent* (2010) (T)
37 *Spiral* (2012)
38 *Le voyageur du passe* (2012) (T)
39 *La tombe indienne* (2013) (T)
40 *Le Masque du vampire* (2014) (B)

短篇集

La Nuit du Loup (2000)

収録作品

“L'Escalier assassin”「殺人エスカレーター」（《ミステリマガジン》二〇〇九年九月号）

“Les Morts dansent la nuit” (T)「死者は真夜中に踊る」（《ミステリマガジン》二〇〇一年四月号、『赤髯王の呪い』所収）

“Un rendez-vous aussi saugrenu”

“L'Appel de la Lorelei” (T)「ローレライの呼び声」（《ミステリマガジン》二〇〇二年七月号、『赤髯王の呪い』所収）

“La Marchande de fleurs” (B)

“Ripperomanie”

“La Hache” (B)「斧」行舟文化近刊

“Meurtre à Cognac” (T)「コニャック殺人事件」（《ミステリマガジン》二〇〇三年七月号、『赤髯王の呪い』所収）

“La Nuit du loup”「狼の夜」（《ミステリマガジン》二〇一四年九月号）

La balle de Nausicaa (2011)

収録作品

"La balle de Nausicca" (T)
"L'Étrange regard"
"La Malle sanglante"
"Spectre doré"
"La Tombe de David Jones" (T)

『ひとり新本格』

ミステリ作家
麻耶雄嵩

二〇〇二年の五月、ポール・アルテの『第四の扉』がポケミスから出版された。当時、本書に冠せられた〝フランスのカー〟という謳い文句に、眉に唾をつけながら読み始めたのを覚えている。ジョン・ディクスン・カーは密室殺人や不可能犯罪を得意とした本格ミステリ界のレジェンドで、それゆえとりあえずあやかっとけというコピーも多かったのだ。ところが読み進めるにつれ警戒は杞憂に終わり、最後は興奮と敬意に変わっていた。

もちろんアルテに驚愕したのが自分だけであるはずもなく、多くの本格ファンが称賛の声を上げていた。本書は二〇〇三年版の〝本格ミステリ・ベスト10〟の海外部門で一位に輝き、〝週刊文春ミステリーベスト10〟は二位に〝このミステリーがすごい!〟でも四位に入っている。以後、〝本格ミステリ・ベスト10〟ではアルテの作品は三年連続の一位、八年連続トップ3という快挙を成し遂げることになる。アルテの翻訳作品は九冊あるが、一位が四冊、三位が四冊、残りの一冊も六位という破格の奮闘ぶりだ。

〝本格ミステリ・ベスト10〟の海外部門は、ジャンルの性格上、過去の作家の未訳本が上位を占めることが多い。本書が一位を獲った年の二位と三位がアントニイ・バークリーとヘレン・マクロイで、前年の一位もバークリーである。

素晴らしい本格作品に巡り会えるのは楽しいことだが、過去の傑作の再発見はどこか遺跡の発掘をしているようなノスタルジックな部分もあり、ベテランから若手まで優れた本格作品が陸続と出版される国内部門と比べると寂しさは否めなかった。過去の遺産はいずれ尽きてしまうからだ。

そんな中、現役の本格作家が彗星の如く現れた。作品自体は十五年前のデビュー時のものではあるが、今なおコンスタントに本格作品を書き続けている。しかもフランスから。これで期待するなというほうが無理だろう。かくしてアルテブームが巻き起こったわけだが……。

『第四の扉』が母国で出版されたのは一九八七年。奇しくも昨年三十周年を迎えた綾辻行人の『十角館の殺人』の出版年と同じ。加えて某新本格作家のデビュー作とトリックが似ていることもあって、日本の新本格との共時性を語られることが多かった。本作でも顕著だが、何よりアルテが古典の再現者ではなく、現代的な感性を持っていたことが、骨董趣味だけでは満足できなかったファンのハートに火を点けた。フランスにも新本格がいたと！

その意味ではアルテはフランスのカーではなく、フランスの新本格と称したほうが相応しい作家だ。云うなれば、フランスのひとり新本格。

社会派ミステリの隆盛に始まる本格冬の時代を経て、ブームを巻き起こした新本格ミステリには、それまでの本格とは異なる大きな特徴があった。それはかつての本格作品、本格作家に対する情熱的なリスペクトだった。もちろん先人に対する敬意は、乱歩の昔から冬の時代に活動していた人に至るまで、みなが抱いてきただろう。しかし新本格作家は自分たちの本格愛を照れたり隠したりするどころか、むしろ積極的に作品内でアピールしていった。時にはそれが過去作を踏まえたトリックやメタ的な演出という形をとることすらあった。

現代ならインターネットで同好の友を探し求めるように、作品を通じて剝き出しの愛を表明し読者という名の同志を求めていた。作品発表に信仰告白のような側面があり、最初は同様に冬を耐えていたファンの興味を惹き、やがてさらに広範な読者を獲得していった。

アルテの作品も同様だ。アルテは十代半ばでクリスティーを読破し、ハドリー・チェイスを経てジョン・ディクスン・カーと運命的な出会いをした筋金入りだ。しかもフランスでは日本以上にカーの書籍が入手しづらく、苦労もひとかたならぬものだったらしい。また執筆の動機は、カーのシリーズ名探偵ギデオン・フェル博士の続篇を書きたかったから。

アルテは実質的な処女作である『赤髯王の呪い』で、フェル博士を登場させていたらしい。大人の事情でオリジナルキャラのツイスト博士に変更せざるをえなかったが……。もうそれだけで愛が伝わってくるではないか。しかもアルテはフランス人にも拘わらず、小説の舞台をフェル博士が活躍した一九三〇年代から五〇年代のロンドンやその近郊に設定しており、本作でも一九四八年のオックスフォード近くの片田舎から物語が始まっている。アルテも新本格作家同様、いや、舞台まで援用してそれ以上に、黄金期への憧憬を積極的にアピールして信仰告白をしていたのだ。

この『第四の扉』をとってみても、友人の母が自殺した隣家に幽霊屋敷の噂が立ち、そこにあえて入居してくる霊能者夫婦という導入部分からも、時流に逆らってもカーに連なる作品を書くというアルテの強い意志が覗える。やがて交霊術を軸に、怪奇現象、密室殺人、不可能犯罪というカー作品ではおなじみの展開が起こるわけだが、アルテが称賛を浴びたのはトリックの完成度もさることながら、その後半部分に因るところも大きいだろう。探偵が進行中の事件に影響を与える観察者効果やメタ視点による作者自らの仕掛け、散らかり始めた展開が鮮やかに収束するラスト一行のフィニッシングストローク。犯人が判明して大団円という旧来の手法だけではなく、もう一捻り加えようというプロット構成の意欲などは、あの道はいつか来た道、新本格に共通する手触りがある。

カーやクリスティーをはじめとする旧き良き時代の本格ミステリにどっぷり浸かった青

年が、今の時代に新たな本格を書こうとしたとき。現代的な感覚……というか現代に蓄積された知識や技法を用いて新たにブラッシュアップする。日本とフランス、全く隔絶した場所で、似たような道を辿り、一つの収斂した形をみる。アルテの登場は懐かしくもありまた心強くもある、意外な朋友に出会えた気分だった。

かつて本格ミステリなど日本でしか流行っていないという、本当か嘘かも判らない嘲笑を聞かされていたわれわれに、海外にはアルテがいて、また第二、第三のアルテが現れるかもしれないという希望が、喜びが、当時のアルテブームには含まれていたのだと思う。

ただ本作で唯一不満があるとすれば、ツイスト博士シリーズと銘打たれながら、ツイスト博士は（活躍するものの）名探偵ぶりを発揮しないところだろうか。

探偵よりもカウンセラーといった役回りなので、名探偵と呼ばれてもピンとこないかもしれない。しかしそれは本書の特殊な構成ゆえで、シリーズ二作目の『死が招く』からは黄金時代なみの名推理を遺憾なく発揮しはじめるので安心してほしい。

ツイスト博士に関しては、二作目の『死が招く』に詳しく描写されている。長身で痩軀、愛想が良く上品な物腰。赤い口髭と白髪混じりのくせ毛。鼻眼鏡から覗くブルーグレーの瞳。また二作目以降のワトソン役となるロンドン警視庁のアーチボルト・ハースト警部については、同じく長身だがずんぐりした巨漢、頭髪は薄く赤ら顔。ハースト警部は見かけ通りの大食漢だが、ツイスト博士は瘦せの大食いで、食欲はハースト警部を上回るらしい。ツイスト博士は瘦せたフェル博士、口が悪いハースト警部は同じくカーのシリーズ探偵であるヘンリー・メリヴェール卿といった印象で、いかにもカーファンらしい設定なのだが……二十作近い長篇、翻訳済みでは六作品にコンビで登場するのだが、意外と作者は彼らに淡泊なのだ。

たとえば『死が招く』の舞台は一九二七年頃で、ツイスト博士は六十代とされている。しかし一九七九年に活躍が確認されているので、このとき一一〇歳以上ということになる。これに限らず、『カーテンの陰の死』が一九五〇年頃で『狂人の部屋』が一九三〇年代。『赤髯王の呪い』が一九四八年、『七番目の仮説』が一九三七年、『虎の首』一九三〇年代。いずれも博士の外見に変化が見られない。まさに時をかける博士である。『第四の扉』ではまだ設定を深く考えていなかったとしても、『死が招く』と三作目の『カーテンの陰の死』だけでも四半世紀近い差がある。しかも『カーテンの陰の死』では逆に若返って五十前後になっている！　つきあうように相棒のハーストがずっと警部のままなのはさすがに無理があるだろう。

多くの作家のようにリアルタイムでシリーズ探偵を書き続けていた結果無理が生じたわけではなく、アルテの年代設定は最初からランダムだ。端《はな》からツイスト博士のクロニクルを創る気がなかったのだろう。旧き良き本格時空という箱庭にその都度探偵役として放り込まれ、物語の最適解を導出する存在。概念化された名探偵。そう捉えれば、時には復讐の鬼となるツイスト博士の、シリーズを通した立ち位置も理解しやすいかもしれない。同じ年に発表された『十角館の殺人』でも探偵は多くを語ることも語られることもなかった。その辺りの淡泊さにもシンクロニシティが働いているのかもしれない。

日本で新本格ブームが落ち着いた頃、古典ではなく新本格から本格ファンになった人が多くなりはじめた。同時に、海外の古典は読みづらい、古めかしいと敬遠する人たちも多く現れた。曰く、「本格ミステリを楽しむのに、わざわざ堅苦しい古典に手を伸ばさなくても、まわりにたくさんの（新）本格ミステリーが溢れているから」

古典は素晴らしい宝の山だと訴えたい反面、自分が飽食の時代に生まれたなら、果たしてどこまで手を伸ばせていただろうかという思いもあり、無理に勧めるのも躊躇われた。

でもアルテは別だ。

むしろそんな人にこそアルテを読んでほしい。なぜならポール・アルテは世界遺産の住人ではなく、現代の感覚を持った本格作家なのだから。

二〇一八年七月

訳者略歴　1955年生，早稲田大学文学部卒，中央大学大学院修士課程修了，フランス文学翻訳家，中央大学講師　訳書『天国でまた会おう』ルメートル，『ルパン、最後の恋』ルブラン，『オマル』ジュヌフォール（以上早川書房刊）他多数

HM=Hayakawa Mystery
SF=Science Fiction
JA=Japanese Author
NV=Novel
NF=Nonfiction
FT=Fantasy

第四《だいよん》の扉《とびら》

〈HM㊻-1〉

二〇一八年八月二十日　印刷
二〇一八年八月二十五日　発行

（定価はカバーに表示してあります）

著者　ポール・アルテ
訳者　平《ひら》岡《おか》敦《あつし》
発行者　早川浩
発行所　株式会社早川書房

郵便番号　一〇一 - 〇〇四六
東京都千代田区神田多町二ノ二
電話　〇三 - 三二五二 - 三一一一（大代表）
振替　〇〇一六〇 - 三 - 四七七九九
http://www.hayakawa-online.co.jp

乱丁・落丁本は小社制作部宛お送り下さい。
送料小社負担にてお取りかえいたします。

印刷・星野精版印刷株式会社　製本・株式会社フォーネット社
Printed and bound in Japan
ISBN978-4-15-183601-5 C0197

本書は活字が大きく読みやすい〈トールサイズ〉です。